美丽多愁

美丽乡愁·2019

刘醒龙　主编

GUANGXI NORMAL UNIVERSITY PRESS

广西师范大学出版社

·桂林·

美丽乡愁·2019
MEILI XIANGCHOU·2019

《美丽乡愁·2019》编委会　　顾　问：袁善腊
　　　　　　　　　　　　　　主　编：刘醒龙
　　　　　　　　　　　　　　执行主编：哨　兵

图书在版编目（CIP）数据

　　美丽乡愁. 2019 / 刘醒龙主编. --桂林：广西师
范大学出版社，2021.3
　　ISBN 978-7-5598-3442-3

　　Ⅰ. ①美… Ⅱ. ①刘… Ⅲ. ①故事—作品集—
中国—当代 Ⅳ. ①I247.81

　　中国版本图书馆 CIP 数据核字（2020）第 252224 号

广西师范大学出版社出版发行

（广西桂林市五里店路 9 号　　邮政编码：541004）

（网址：http://www.bbtpress.com）

出版人：黄轩庄

全国新华书店经销

广西广大印务有限责任公司印刷

（桂林市临桂区秧塘工业园西城大道北侧广西师范大学出版社

集团有限公司创意产业园内　邮政编码：541199）

开本：710 mm × 1 010 mm　1/16

印张：9.5　　字数：104 千

2021 年 3 月第 1 版　　2021 年 3 月第 1 次印刷

印数：0 001~3 000 册　　定价：38.00 元

如发现印装质量问题，影响阅读，请与出版社发行部门联系调换。

目 录

万是千非朱砂红

刘醒龙

一得永得，夺锦朱砂如墨黑。

这话出自佛门。也只有在佛门中待得够久，才会将万是千非归如一一。

因为足以夺锦，才有秋日里，最高枝头上，最香艳、最浓密的繁花被称为朱砂桂。还有那所有旧季节的残花全开过了，新年头的春蕾还没有苏醒，唯一独占寒枝霜雪之花，被赞叹为骨里红还不够，还要再进一步，美其名曰朱砂梅。甚至大半个中国和大半个亚洲都有生长的普通灌木，由于结出一串一串，一团一团与众不同的紫金般果实，而被叫作朱砂根。

而额外之外、心动之动的更是欧阳修情意有所属，朱砂玉版人未知，那叫朱砂红的。

欧阳修必是见过朱砂红，因为他也是书生出身。那位同在洛阳的穷困潦倒的书生，赶上大比之年，半文银子也没有的，还想什么赴汴京应考？书生一发愁，就要借酒浇一浇，那连酒也喝不起的，只有看花解闷。没有酒喝的书生，在去崇德寺看花解闷之际，于无限春光里，由翻飞彩蝶中，遇上一位面如桃，眉如柳，百分之百会心的红衣女子朱砂，说是相助以小资，实则包裹了五十两白银做盘缠。从洛阳到汴京三五六七天，路程很顺，应试过程更顺，只是结局不顺，分明是第一名的状元，却被奸佞使坏，弄得榜上无名。九死一生之后，神情恍惚的书生竟然误入奸佞的后花园，分明是将错就错，却弄得像是将计就计，顺手救出被奸佞抢来此地的朱砂姑娘。连夜逃回洛阳的才子佳人，命中注定只能过上一百天好日子。重病在身的朱砂姑娘，直到最后一刻才吐露，自己本是崇德寺附近张四家园子里排位第七的牡丹，名叫朱砂红。朱砂姑娘消失后，书生拿着她留下的二百两银子，将张四家园子买了下来，不再读圣贤书、涉名利场，一心当个花匠，细心照料排在第七位的朱砂红。

其实，这故事的前半部分是很俗气的，真正好到能动人的是后半部。本可以成为状元的书生，为了一株只排在第七位的牡丹，心甘情愿地做了一辈子花匠。后来欧阳修说，洛阳牡丹他过去记得数十种，后来差不多都忘记了。朱砂红不仅在他记得的名目中，还是其文章中提及最多的。欧阳修能够记住朱砂红，会不会与朱砂姑娘表明自己是那第七位的牡丹有关呢？

世间之物，黄金、白银、宝石、琥珀、珍珠、沉香等都位列前端，以俗世之念相比较，大约朱砂也只能排第七。真正可爱、实在可人的往往不是最美的，当然也不是不美的，最美的东西常因无瑕而有所缺，就像水至清则无鱼，人至察则无徒，爱得太深往往痛得最厉害，笑得最响亮的人有可能是失意者。在数十种牡丹花中，第七这个位置更加亲和。那排第一的，往往名花有主，由不得自己，不可以清风一样自由自在地与人会心偶遇，快意相逢。

传说不等于胡说，将朱砂红排在牡丹园众花第七的位置上，无论怎么想象，都觉得是最好的选择。

我到贵州次数不少，估计也是在第七次时，才注意到那名叫朱砂古镇的。早前到贵州，不需要任何其他原因，下意识地就会将茅台镇、黄果树瀑布、赤水河、遵义红楼、千户苗寨、威宁草海放在优先要去的名单前列。2015年春天那一次，都已经到铜仁了，也曾听说此地有座朱砂古镇。还是由于边地珍宝太多，向来极不善饮的自己，三杯两盏下去，额下眉头便汗水津津，被茅台美物所折服，顾不上欣赏其他而错过。相隔十三年，第二次到铜仁，有机会深入朱砂古镇，恰好是第七次到贵州，免去了豪饮，只把目光轻轻一移，脚步率性一挪，哪怕有雨有雾，内心上下也喜不自禁。

在梵净山的深处，因为出产朱砂最多而以汞都著名的古镇，几朵白云，几团浓雾，就可以一点痕迹不露，遮蔽得很彻底。在早年的孩提时代，曾对汞有一种小小的恐惧，那时候的日光灯管，不可以随便弄破，万一不小心弄破了，就得赶紧逃得远远的。因为老师说过，日光灯管里的水银蒸气有剧毒，闻一鼻子就会死人。朱砂是炼汞（或称水银）的主要矿物。现在的朱砂，于我最大用途是钤印，在用毛笔书写相对重要的作品时点睛。所谓朱批，是那无上皇帝干的活。从唐高祖的第一位科举状元开始，到光绪三十年最后一位状元，千年以来，这样的朱砂红，先后点批五百多位状元。其中就有开元十九年，唐玄宗御笔朱批，后来成为山水诗歌鼻祖的王维；宝祐四年，宋理宗朱笔钦点，史称状元中的状元文天祥。

仅以帝王朱批为例，不用说将朱砂红排在第七位的牡丹，如果牡丹有一百种或一千种，将其排列第七十位和第七百位，只要不改芳名，朱砂红还是会被欧阳修牢记在心。本以为自己必中状元，仁宗皇帝却只给个第十四名、位列二甲进士及第。都已经触碰到额头的朱批，从眼前一滑而过，落在别人的名下，这样的朱砂红哪能不刻骨铭心！这就难怪原始朱砂晶体被称为砂宝。毫无规律自由散漫地生长在水晶石中的砂宝，红白相映，外形如箭镞，别号箭头砂，藏在地下时，悄然听去会有母鸡孵蛋那样的响响之声。一旦有谁稍不小心，惊跑了砂宝，就再也找不着。欧阳修太想有朱砂红批钦点在自己名字上，不可避免的那些动静，自然也会惊动砂宝！那洛阳城中有可能成为状元的书生，到头来只做了花匠，终日陪着位列第七的牡丹。简直就是醉翁亭与欧阳修的另一种写意。就朱砂红的全部意蕴来看，第七和第十四，得到的，才是那曾经失去的。

有缘怪石，三生求证，无种奇花，四季常开。

雨雾团团的朱砂古镇上，潮润的青石，踏得轻轻一响的是朱砂的传说，踩着沉沉一晃的是传说的朱砂。错走几步，到了不该到的小街尽头，不是抬头见不到顶的断壁，就是低头看不到底的悬崖。不知是从前的哪个去处，住着一位有名有姓的修炼者，有道人手提一双草鞋上门来卖，索价黄金五两。他都将黄金拿出来了，却被妻子吆喝着骂了回去。这边刚刚无奈反悔，那边道人将草鞋往空中一扔，化为一对仙鹤冲天而去。还有古镇南门的某和尚，貌似疯癫，有一天竟然挑着粪水，沿街泼洒，惹得街坊四邻手拿家伙到处驱赶。到夜里，不知起了什么邪火，风狂焰烈，见房烧房，遇屋毁屋，唯独和尚用粪水泼过的地方，一根茅草，一片窗纸也没有损失。在和尚道人之外，还有一位以蒙鼓为业的鼓匠。有好友患伤寒久治不愈，鼓匠让他解衣露背，自个儿盘膝后坐，也不做什么，就这么待了一会儿，好友忽觉背心有热气升腾，慢慢弥散到四肢，出了一身汗，便万事大吉。前人修志编书，不会以讹传讹毫无根据。经过一代接一代学人增删，还能保留下来的，总有其不朽道理。流传在朱砂古镇上的许多人事，作为志书印行，看看总是可以的。说一万，道一千，奇与不奇，怪与不怪，都会说明，这些事，这些人，全是爱好朱砂及朱砂爱好者！至于是照搬升腾幻化之术，定时定量服用朱砂；还是学那洛阳书生偶遇，与砂宝有了三生三世关联，没有说清楚，是由于百分之百说不清楚。那些欲寻灵根，以求长生不死，到头来，哪个不是凡胎来，凡胎去。不如就这样，留几则茶余饭后的故事，不是说生，也不是说死。生生死死都是天地所赐，有什么好说的？好说的，也说得好的，唯有朱砂如何成为砂宝，又如何升华为朱砂红。

比雨丝雨雾还要多的，不是传说在流传，不是故事在说事，是那古镇上上下下遍地生长，分门别类载入地方典籍中的谷、蔬、果、瓜、木、竹、花、药、毛、羽、鳞、介、虫、货。说谷时，包括了糯、粱、豆、麦、麻、荞、谷、稗等几乎所有主次食物。蔬、果、瓜、木、竹、花、药各类，也容易一样样地分清楚。毛指虎、豹、熊、马、牛、羊等走兽，羽为鸡、鸭、鹅、燕、雀、鹰等禽鸟，称鳞的非鱼即蛇，叫介的全都身背甲壳，其余能飞的蛾蝶，能走的蚕蚁，能跳的螳螂，能游的蚂蟥，都归到虫类。最后的货，除了天然出产的金、银、铜、铁、锡，还有初级制成的油、麻、葛、棉、纸、烟、茶、盐、蜜蜡、蓝靛等等。

如此富饶，如此丰硕，是该用文字记载下来。

同样用文字记载的，还有令人心疼心悸的内容。

有学者著文研究，从明清一直到中华人民共和国成立之初，贵州汞矿的冶炼一直采用土灶，回收率仅为百分之五十至六十，这意味着有百分之四十至五十的汞呈蒸气进入空气中，汞蒸气浓度超过标准的四百六十倍，废气排放到大气中会对空气形成污染，通过呼吸系统进入人体，影响人们的健康。一部分空气中的气态汞又通过沉降落到地面或水体中，直接导致水土的污染。同时，炼汞过程中形成的废水一般是排放到河流中，直接对河流形成污染，水生物受到影响，甚至灭绝，这些废水若流入周边的农田又直接导致土壤污染，对农作物产生严重不良后果。据下辖朱砂古镇的万山一带的村民反映，大片受汞污染严重的田地里种出来的大米是黑色的，村民根本不敢用来自己吃，一般是多洗几次用来喂猪。可见，明清以来随着万山汞业生产规模的不断扩大，万山地区及其周边的环境污染也日益严重起来，严重地影响到当地人们的身体健康。虽然由于明清时期医疗技术和医疗水平的有限，缺乏当时汞中毒的相关资料，但从现今万山汞矿退休人员中大量患有各种疾病的事例来看，我们完全可以推断明清时期由于汞业生产对水、土、空气造成了严重污染，应该也对许多直接从事汞业生产以及汞矿周边的人的身体健康产生重大危害。如今万山的水土及空气的汞污染相当严重，就是明清以来汞业生产长期发展的后果。

又据《万山特区志》第三十八至第三十九页"1987年6月16日的万山特区人民政府29号文件"载：万山汞矿采冶区含汞量超过国家规定标准，水的含汞量最低超过国家规定标准六点四倍，最高超过二十六倍；大气层含汞量最低超过国家允许浓度的六点四倍，最高超过二十六倍；土壤含汞量最低超过国家要求的四倍，最高超过四十五倍；鱼体含汞量最低超过国家规定标准的三十倍，最高超过一百一十一倍；米（成品粮）含汞量最低超过国家规定标准五倍，最高超过九倍。在同年二至六月贵州汞矿对矿工体检，发现汞中毒二百七十四人，汞吸收二百三十八人，慢性轻度汞中毒四十二人，慢性中度汞中毒四人，慢性重度汞中毒二人。

有时候，我们不得不苦恼而由衷地说，资源枯竭对人来说是一件幸事。如果不是20世纪80年代后期开始出现的资源枯竭，朱砂古镇绝对不会出现当下的另一种芳华美景。枯竭通常会被当成是某种同样来自天地间的惩罚。即便朱砂能再珍贵十倍百倍，也摆脱不了固有的负面因素。过往事实表明，那顶被武则天赐以光明砂的桂冠，哪怕戴了一千三百多年，该来的疾苦病痛，还是一样不少的如期而至。

有时候，我们会想也不想脱口而出，说某个人怎么像是吃了朱砂。那样说时，面前的对象一定情绪严重失控，到了某种癫狂程度。话是这么说，人吃了朱砂后的样子我还真的没有见过。不比我们的长辈，他们是见过的。比如，20世纪前半叶颇为流行的帮派会众，一旦起事，十冬腊月里都会光着膀子，拿着大刀与标枪，口称刀枪不入地冒死前行。长辈们见过那些人捧着大碗海饮，那大碗里装着的，不是一般的东西，而是赫赫有名的朱砂酒。按长辈这类说法，朱砂酒无疑有使人空前亢奋的功能。我们亲眼见到的却是另一番景象。上小学时，算术老师的女儿患癫痫，某次发作时，突然口吐白沫倒在地上，围观的人，几乎都在嚷嚷，让人快去弄点朱砂化水喂下去。这两件事情，当时没觉得有哪里不对，后来，相关知识积累得多了，想法也多了——同样一种物质，如何既能使人亢奋，又可以令人镇静？

回到开头那话，朱砂夺锦，不等于一得永得，谁能料到后来是否会有墨黑一样的际遇？

朱砂虽好，好到连牡丹也要跟着附庸风雅地起个别名称为朱砂红。

在洛阳书生与朱砂红的缘分里，一方得到另一方的资助而达到与头名状元只差一点朱砂、一笔朱批的境界，最终结局是受资助的一方回到原始起点，由赏花人变为养花人，同捐资的另一方天人合一了。朱砂古镇几乎就是此番传奇的另一种书写。民间口口相传，从秦汉起，当地就在开采朱砂，正式记入历史档案的是从武则天当朝的垂拱二年，也就是公元686年，"锦州贡光明砂"。当时朱砂镇属锦州管辖。能够称为光明砂的朱砂，纯度达到百分之九十至百分之九十八。千百年来，人们用尽办法，哪怕采不到古镇一带悬崖上最佳的箭镞朱砂，也还可以通过普通的矿井开采略差一些的颗粒朱砂，甚至各处沙土中，用风播，用水淘，以期得到最初级的朱砂粉末。这些长期得不到节制的过度开采，曾经带来千百年的财富。千百年后，为了前人的索取无度，后来者不得不通过财富的反哺，名义上是再造一个朱砂古镇，实际上是将本来就该如此的真实古镇归还给朱砂，将朱砂一样的美艳归还给古镇。

唐皇用朱笔点批的杭州府第一位状元施肩吾说，丹砂画顽石，黄金横一尺。宋时范成大有言，洛花肉红姿，蜀笔丹砂染。苏东坡也有诗云，丹砂浓点柳枝唇，尊前还有个中人。诸如此类，那些写朱砂最好的诗句，全部出自开采朱砂不久的唐宋时期：

"丹砂保重开清境，白发相宜倚翠岩。"

"白石煮多熏屋黑，丹砂埋久染泉红。"

"画堂深处伴妖娆，绛纱笼里丹砂赤。"

"觅得丹砂能寄否，溪亭送客鬓毛衰。"

"换骨丹砂应几转，吾生结得此缘不。"

天下万物出产，能够成为诗词常用常新的元素，理所当然是极品。有这样的境界，满天的朱砂红就已经是诗意顶峰了。也只有这样的顶峰，才是绵绵不绝、永不枯竭的资源。一旦滥用了，不在乎源远流长，就会应了当年白居易叹息过的，朱砂贱如土。

登 鱼 山

叶 梅

东阿鱼山村的曹植纪念馆门前人不多，大哥领着我们走进暗红油漆有些脱落的大门，里面站着一个收门票的男人，大哥上前打了个招呼，然后朝后指了指说："这是俺妹妹一家，她们从北京来，想看看咱这鱼山。"

男人踮起脚看了看我们一行五六个人，有点迟疑，但还是给了大哥面子，一歪头说："进去吧。"

当地村民进这纪念馆是免票的，大哥要让我们也享受一回鱼山村民的待遇，这在他心里显然有些得意。

其实我登鱼山已有多次，大哥的家，也是我们的老家，就在这山脚下，我们每次从远方回到东阿，就定会爬一次鱼山。多年前这山只是几面荒坡，没有路，乱石缝里长着一丛丛刺槐、毛白杨和蒺藜秧，只有那几块老石碑依稀透露出鱼山古时的风光。

才高八斗的魏国诗人曹植，字子建，曾在几经坎坷之后被封为东阿王，经常游走乡间，吟诗作赋，也曾多次登临这黄河西岸的鱼山，相传曾在此闻妙音记梵呗，创造出中国最早的佛教音乐。

山间原是有寺庙的，古人《异苑》卷五载：子建"尝登鱼山，临东阿，忽闻崖岫里有诵经声，清通深亮，远谷流响，肃然有灵气，不觉敛衿祗敬，便有终焉之志，即效而则之。今之梵唱，皆植依拟所造。"有关曹子建的传闻不仅有史籍可查，在东阿鱼山一带更是家喻户晓。我记得小时候就常听父亲念叨："俺村有个鱼山，曹子建在俺鱼山作过诗。"父亲说这些话时，眼神会变得很遥远，很向往，可惜那时我并不懂得。

父亲 1947 年从东阿南下到鄂西，再极少回到家乡。我在《致鱼山》《回鱼山》两篇短文里，分别写到过父亲的一些经历，还有一直生活在鱼山村的大哥大嫂。父亲离开鱼山之后，留下的大哥一直守在父辈的老院里，直到有了儿子，又有了孙子。

可去年清明前后回到鱼山村，那座土墙黑瓦的老院已化成一片废墟。尽管在电话里早已得知，但站在黄河堤上远远看见的第一眼，心仍然被狠狠揪紧。我说我要过去看看，大哥说："看吗？烂砖烂瓦的。"

我还是说，我要过去看看。

父亲住过的这个老院子是从爷爷那一辈儿传下来的，紧挨着鱼山脚下、黄河岸边，站在院子门前，可见大堤上垂柳成行。踩着毛茸茸的绿草不一会儿爬上大堤，一条金灿灿的大河就会出现在眼前。黄河水环绕着鱼山，从容而又毫不迟疑、永不停息地奔流而去。我常在垂柳下靠着树小坐，有时候不觉就恍惚了，像是神游八极，又像是在梦中，直到大哥在堤下呼唤："妹妹——吃饭了！"

之前我曾写到过，那院里有一口井，压着铸铁造的手柄，水花就咕嘟咕嘟冒了出来。大哥将一个铁桶放在井里，铁桶里泡着几根黄瓜，他提上来用刀削成片儿，撒上盐和蒜一拌，滴上几滴香油，十分爽口。大哥还很会做鱼，他做的黄河大鲤鱼味道鲜美，放足了大料、酱油、姜葱蒜，院子内外一股浓香。典型的鲁菜，我说。大哥却说，咳，啥鲁菜，就见你奶奶常这么做，跟着做就是了。

可眼下，爷爷奶奶和我父亲住过的这个院子灰飞烟灭，屋里的大炕坍塌成半截，让人多少次品尝清甜和脆爽的井水也已被破砖烂瓦所填埋。我倚在断墙中间的门洞里，回想曾经从这个门里进出的往事。大哥说，快别靠在墙上，蹭一身土。可我迟迟不能挪动脚步，背靠的墙体似乎还保留着曾经的温热，那是在大雪纷飞的冬日里，我和妹妹一脚跨进这木门时，就感受到的暖和；或许更早些，是我未曾见过的爷爷奶奶用秸秆和牛粪烧热的炕头，大哥大嫂又用他们的体温渗透了每一寸墙土，即使断垣残壁，也依然温厚地留存着。

小山似的废墟里露出一个石槽，厚墩墩的，刨出来完整无缺。大哥说那是过去喂马的，他曾经养过一匹黑马，套上架子车到鱼山后面去拉石头，然后拖到县城去卖，一方石头可赚两块钱的力资。村里人都这么干。"那会儿穷的。"大哥说。他语气里好些愧意，鱼山那些年被挖得千疮百孔，后山有一片被挖成大坑，直到如今也寸草不生。

与我同行的一位朋友对那石槽很感兴趣，说这涮干净了可以放在客厅里，好摆设。问大哥，你卖不卖？大哥摇头，说吧——多埋汰，还放客厅？谁要谁拿去。

鱼山后来有了路，一条新修的石径弯曲盘旋，从山脚直到山顶。其实此山不高，海拔不足百米，只是独自耸立在黄河岸边，面朝着辽阔的华北平原，便有了一种傲然风骨。

前几日刚下过雨，还未大晴，但上得山来，便觉豁然开朗。远处是一望无际的田野，清明时节的雨水染绿了星星点点的麦芽儿，就像一幅底色微黄的油画，跳跃着令人欣喜的绿色生命；近处则是玉带似的黄河，无论富贵还是贫穷，无论兴盛还是衰亡，无论悲哀还是欢喜，它从来都是如此坦荡，一如既往地环抱着鱼山，环抱着鱼山破损的山体，然后浩荡而去。

那曹植也曾站立这山顶上，面对辽阔的东阿大地，在《社颂序》中赞道："田则一州之膏腴，桑则天下之甲第。"遂又向魏明帝写了《乞田表》："乞城内及城边好田，尽所赐百年力者。臣虽生自至尊，然心甘田野，性乐稼穑。"魏明帝是曹植的子侄曹叡，与他的父亲曹丕一样，本来对曹植的才华一直嫉怕，但见曹植心甘田野，也乐得恩准。曹植效父曹操的做法，于太和四年（230年）1月，举行籍田仪式，督领封地民众勤力耕作，自己也亲手种植，在《籍田赋》中写道："亲枉千乘之体于陇亩之中，执锄镬于畦町之侧；尊距勤于耒耜，玉手劳于耕耘者也。"

曹植在东阿大地上执锄耕耘，又效孟母教农养蚕，曾作《社颂序》，督领鼓励百姓大量植桑养蚕，使所产一种叫阿缟的白色丝绸，还有阿胶驰名天下。可是，在后来的千百年里，东阿一带始终处于贫困之中，大哥一家食不果腹，给父亲的来信总免不了受灾遭难、缺衣少粮的诉说，老家刻在我小时候心中的印象是一片萧瑟荒凉。

20世纪80年代我们第一次回到鱼山时，大哥用他所有的积蓄，大约不足一百元，备好了充足的年货，五斤猪肉、两斤鸡蛋，还给两个儿子做了新棉袄，说准备见姑姑。大年三十晚上大嫂剁了一棵白菜，合着肉馅包了一顿饺子，全家人狼吞虎咽，那显然是他们一年之中最好的饭食。

但如今家里来客，村里人大都不在家做饭招待，这在前几年已经如此。村头有个小饭馆，只要头天打个招呼，饭馆就会备下酒席，只等客人一到，大碗的红烧肉、酱肘子、炖鱼、扒鸡就会依次上桌，一盘又一盘地堆放着。我说实在是太多了，但大哥和几个堂弟不由分说，温饱对鱼山村民来说，已经不是问题。最诱人的还是酒后上的山东大白馒头，胖乎乎的又暄又瓷实，只有在这村里的小饭馆才能吃到。桌上的菜每次都剩下不少，头几年大哥会打包带回家，但这两年他说不打不打，打回去也没人吃，我一人哪吃得动？我说以后能不能少点几个，别浪费了。大哥点头，说以后不点恁多。

他的两个儿子都早已不在村子里，小二在县城买了房，让他去一同居住，但他每次住上几天就要回村里来，说还是在鱼山有意思。鱼山村有好几千人，农忙时可见村民们驾着小三轮轰隆隆地在田头地垄上来往，拉种子肥料什么的。大哥在村西头有二亩地，过去他每年要种一季麦子，一季棉花，兼种大豆花生。这几年村里好多人家的土地流转，承包给了别人，上了年岁的大哥也将地转租了，但他仍会习惯地扛着铁锹下地转上一圈，修修路，拍拍堤，顺便捡一小捆干树枝。农闲时，大哥则每日早起吃过饭，背着手从村东逛到村西，逢到老哥们就站住聊上一阵，或者坐在村头一

排黄绿相间的健身器材旁，打一会儿扑克牌，很快就到了吃晌午饭的时候。可在城里，他说怎么也守不到天黑。

站在鱼山上，山脚下的村庄可尽收眼底，发现这古老的村庄在岁月中不知不觉地变换了颜色。过去曾是一片土黄，一排排土房之间可见苍劲的槐树、榆树、枣树，开花的海棠、牡丹，而村子里一条条小道上，不时会走过赶着牛羊和马儿的农人。渐渐的，村落里建起了一幢又一幢灰色、白色的小楼，红瓦或绿顶，亮闪闪的大玻璃窗，颜色变得鲜亮起来；村里的土路则铺上了水泥，穿行其间的小货轮、电动车劲头十足。再后来，村东头突兀地盖起了两三幢六七层的高楼，赭红色外墙，跟城里的商住房差不多。因为黄河大堤的再一次加固，靠着大堤的一些老院被要求拆迁，大哥从开始的失魂落魄到不得不离开那座住了大半辈子的院子，搬进了赭红色的两室一厅。

这房子是在南方工作的大儿子

帮他买的，拆迁补偿的钱大多都还留着，大哥仍然心存念想，希望村里能再给他划块地，他再建一所小院。"住在那楼房里，不得劲。"我们站在鱼山上，他指着村头那几幢有点鹤立鸡群的高楼说。

看惯了田野上的农舍炊烟，初看这乡村中的高楼的确有些怪怪的，门前没有了水井枣树，屋侧没有了菜地鸡窝，大哥他抽着一根烟，在家里低头闷坐。从老院搬到楼里的被褥衣服堆在一间闲置的空房里，几个月他也懒得收拾，最恋的还是那两把榆木圈椅，从爷爷辈上传下来的，磨得滑滑溜溜，扶手光可鉴人，大哥他坐在那里摩挲着，心情会稍微好起来。这大概是他的宝物了，我走进那两室一厅，大哥即把我迎向那圈椅，嘴里一个劲地说："快坐，快坐。"也顾不得让我几间房里看看，仿佛我只有坐上那老圈椅，才算是到了家。

往日登鱼山，大哥很少陪同，或许是离得家太近，他觉不出有什么稀罕，今年见我领了家人和朋友，便添了兴致，一路上山还说点儿逸闻趣事。见到鱼山的碑林，大哥说："前些年建这纪念馆时，村里跟我要爷爷的碑，我没答应，我怕立在这里给人偷了。"

爷爷的碑现立在村西头的杨树林里，是20世纪60年代初，县里给立的，爷爷的名讳上刻着东阿县武委会主任的字样，这是他在抗战时期曾担任过的职务，右侧刻有爷爷祖上五代的名讳，先辈们诗书耕读传家，曾为四代监生，一代儒生。这块碑曾于"文革"时埋入地下，多年后才又重见天日。

我说大哥，你应该听村里的话。一旁的侄子也说，是啊姑，咱太爷爷本来就是替公家打仗做事的，他的碑随了公家，不也是正理吗？大哥没再言声，背着手往前而去。他一直是个外表看上去随和，但心里却自有主意的人，跟我们的父亲一样，都有着山东人的倔。

走到鱼山西侧，便见一巍然石壁，上书"闻梵"朱红大字，相传正是曹植闻音制梵处。曹植做东阿王（又称作陈思王）两年多，大约是他历经挫折之后最为痛快的一段日子，他娴熟弓马，"控弦破左的，右发摧月支。仰手接飞猱，俯身散马蹄"（曹植《白马篇》），他在东阿种地养蚕，跳丸击剑，好不潇洒。他又精通音律，深感神理，弥悟法应，撰文制音，《吴苑记》云："陈思王游鱼山，闻岩里有诵经声，清远廖亮，因使解音者写之，为神仙之声。道士效之，作步虚声。"《法苑珠林》云：曹植"乃摹其声节，写为梵呗"。这梵呗传为后世，也传到韩国、日本。在日本，将这梵呗称作"鱼山呗"。

如今登这鱼山，也想寻那梵呗之声，但岩间只留一眼空泉，并无清婉的诵经声。于是，久久站立于山顶，凝神聚息，便似乎听见那黄河的涛声由远而近，由无数细小的波动汇成滔滔巨浪，汹涌澎湃如雷霆，豪迈奔放，那是养育了我们的黄河啊，是养育了我们的一代又一代先人啊。有多少热血搏击的壮烈，也有多少日复一日的辛勤，它们都是祖先留给这鱼山的魂。

我把手搭在大哥的肩上，与同来的家人朋友一起，与鱼山合影。那照片留在我的手机里，可以时常翻看，而那鱼山下黄河的涛声，则无时不响在心头。

触摸乡愁

水运宪

乡愁是一种无以言表的眷恋，是对故园的热爱与神往，这种情愫人皆有之，我却为之怅然。长年不知乡关何处，恍如半空浮云，时常感觉到根无所植，心无所安，情无所托，恋无所依。

很久以来，故乡于我只是个抽象而模糊的概念。我在湖南的某个都市出生，在那里一直生活了三十年，环境烂熟，情感深厚，心底里却从来没有认同那就是我的故乡。我的家长们湖北口音根深蒂固，回到家我也是一口纯正的武汉话，虽然从面世起就没去过湖北。

父亲南迁湖南是战争爆发的缘故。1938年秋，日军铁蹄南践，重兵围攻武汉，父亲仓皇出逃，把厂子紧急搬迁到湖南山区。母亲还没来得及撤离，武汉全线失守，便拖家带口逃往鄂东山区沦为难民。直到十四年抗战胜利之后，才辗转到湖南寻找父亲。因家人失散杳无音信，父亲在湖南已经另组家庭。母亲寻来，波澜骤起，父亲只得于

1949年之初携后来那一家人去了北京。我和同胞哥哥姐姐陪伴母亲孤留湖南，当时我还不满周岁。可见在我的记忆中，不仅没有故乡的印象，也没有父亲的面相。有位乡土诗人写过一首怀念父亲的长诗，其中有一句很令我感慨，他说，"埋葬了父亲，便埋葬了故乡"。而我从懂事那天开始，一直成长在母亲和哥哥姐姐搭建的半壁家庭之中，父亲也好故乡也罢，我都无以埋葬，当属不肖子孙。

如果说出生地也可以视为故乡，或者叫第二故乡，三十岁那年，我跟这第二故乡也两相分离了。工作调动，我来到省城定居，至今已逾四十年。省城是我至今生活得最为长久的地方，似乎称得上是我的第三故乡，我却以为这种说法几近荒唐。无论如何，每个人的故乡都具有唯一性。除此之外，故乡越多心里便越发悲凉。

这种感觉不见得人人都有。如果人还没有活到一大把年纪，恐怕很难体会这样的孤寂。在我将近五十岁那年，守着活寡把我拉扯大的老母亲离开了人世。她走得异常安静，令我悔恨她老人家为什么从来不折磨一下我。她在辞世之前也有过一些征兆，我却没有丝毫察觉。某天清晨，我发现母亲起床比平时还早了一个钟头，穿戴整齐地坐在客厅发呆。我问她是不是有什么事，她说，我娘搭信来了，今天接我回老家看看。惊骇之后我便笑了，说，您老人家做梦了吧？母亲笑而不答，我便没放在心上。当时她虽然年近九十却无病无痛，身子骨很硬朗，做个梦什么的当属正常。

几天之后，家里的小阿姨忽然喊我，说奶奶在屋子里一个人面对着墙壁大声说话，还有说有笑。我赶紧推开她的房门，母亲没再说了，一脸微笑地望着我。我觉得奇怪，便轻声问，您在跟谁说话啊？她很坦然地回答："我娘呢。她问我怎么还没收拾好，都要回乡了。"然后掩着嘴莞尔一笑，俨然就是个母亲面前的娇娇女。听小阿姨说，这情景已经不止一次出现了，我便深感自责，觉得今后得多陪她说说话，没料想半个月后她老人家果真走了。我不迷信，没跟别人说过这些征兆，但确实有种豁然明白的感觉。人在离开凡世的时候，真的一心只向往家乡，真的时刻在盼望着魂归故里。

这样的事情在我大姐去世之前又重演了一遍。大姐是一名退了休的老干部，过去读过一些书，算得上知识分子。听外甥说，大姐的病很重的时候要送她去医院，她意识到那一去可能就回不来了，便执意不肯。外甥他们做不通工作，只能强行架她上车，不料大姐突然挣扎而起，怒目相对，吼了声："我是水相臣的孙女，谁敢动我！"

这句话很吓人，家里所有的人都不知道水相臣是何方神圣。分析应该是我爷爷，可我一辈子也没听见任何人提起过这个名字。

去到医院后，大姐果真没能再回到家中。医生们千方百计把她的生命延长了三个多月，最终还是在病榻上离开了人世。外甥告诉我，接近昏迷的那些天，大姐的情绪反倒非常平静。只是时不时没来由地喊一声妈妈，一个人朝着天花板喃喃细语。有表情，有停顿，还伴有种种手势，俨然就在与亲娘对话。那种情景，就跟当年我母亲去世前一模一样，我便猜想是不是每个人在临终之前，故去的亲娘当真都会来接她上路？

可以肯定那是她们的幻觉。可我想不明白，为什么那些幻觉竟然毫无二致，都在临终之际呼唤亲娘？百思不得其解，我便只能认为那是人们离开尘世之前的一种神往，或许就是人与故土的心灵对话。这一点似乎说得通，最能够体现故土情怀的，唯有母亲。

大姐去世的时候母亲走了二十多年，那时候我也有了一把年纪，已经是殚见洽闻，体验到了很多没体验过的事情之后，内心自然而然地产生了一个愿望。她们心心念念惦记着的故乡老家，已经在我的心中燃起了越来越浓烈的兴趣。我经常想象那地方的样子，憧憬着那里的一草一木，甚至暗自责问自己，她们离开老家半个多世纪，六十多年时间都没能回去看看，而现在她们再也回不去了。她们把所有的乡思离愁全部托付于我，希望我替她们完成唯一的心愿，我若不去担当，还有谁来担当呢？

其实义务和担当也不全是我这愿望的由来。母亲和大姐她们毕竟是从家乡走出来的，而我却从来没有去过家乡。应该说母亲去世之前与我的外婆隔世对话，在我心中已经生发了回故乡看看的念头。这个念头酝酿了二十多年，当我大姐突然吼出我祖父的大名，寻根问祖的愿望便闸门大开，再也抵挡不住了。

做出决定之后，心情竟变得格外急切。匆忙做些准备，我便率领一众晚辈，朝着老家的方向驱车而去。这一程的归心似箭，于我来说绝对史无前例。

我的祖籍在湖北省大冶市一个叫金牛镇的地方。虽然从没有到过那里，老家几乎所有的族人却都知道我。其实他们跟我的哥哥姐姐一直有联系，我也经常听说他们，只是没时间顾及。回老家当然不能不联系他们，便硬着头皮给他们通了电话。当时心里很是忐忑，没料想他们高兴得不行。其实他们非常熟悉我，欢迎的话说了一遍又一遍，令我深感愧疚。

老家亲戚了解我，是因为我的几部作品。虽然我还没有一部作品涉及过故乡的人事，却有过热播几十年的影视剧作。那些作品在全国造成过万人空巷的影响，老家这边想必也街知户晓。尤其我还是他们的正谱后人，不好妄说曾经让他们感到过脸上有光，津津乐道恐怕还是有过的。

据我所知，我某个伯父的五个孙子在老家那边颇有声望，分别在镇政府和村委会主管一些事务。这五兄弟按族谱排下来属于忠字辈，取名仁、义、礼、智、信。按序列他们要小我一辈，应该尊我为叔，年龄却不比我小。老大忠仁竟然还年长我七岁。他们兄弟与我不出五服，感觉上与我格外亲近。

再就是我奶奶的吴姓家族中有个中学教师，年龄比我小二十岁，却与我平辈分，口口声声称我为表哥。我与老家最终取得联系，应该感谢她的努力。这个小表妹多年都在惦记着我们，半年前她的两个学生考取了设立在长沙的某个名校，她便与忠仁兄弟商量，借着送学生入校的机会来到长沙，通过种种办法寻到了我的工作单位。可惜当时我外出学习没能见上面，她便留下忠仁邀我回乡的亲笔信，从此山通水畅，再续亲缘。

我的车有个超大的后尾厢，里面装满了祭祖的物件，还给族上的各家亲朋老小准备了不少礼品。担心有遗漏，反反复复清点好多次，实在想不出还有什么没准备好，却实实在在有一种什么都没准备好的感觉。一直到车子开动，心都没踏实下来。

出发的头天晚上，我早早把车子加满油，迫不及待在行车导航仪上寻找金牛镇，那上头还真的有。只是显示屏上的数据却令我产生了怀疑。原以为跨州越省回老家，至少总得有六七百公里，仪器上显示却只有三百零三公里。我有四十年驾龄，安全驾驶里程超过了五十万公里，相比之下跑三百公里只能算一眨眼的工夫，我居然就没朝那边眨过一眼？于情于理也太说不过去了。

回故乡的路真是好走。无论国道、省道，还是县道，一色柏油路面，平整舒适，完全不是我想象中的乡村土路。三个小时不到，公路前方出现了一座颇为气派的牌坊。再走近些，牌坊上一行大字赫然入目，"全国重点镇——金牛镇"。

几乎是一脚急刹车，我慌乱地将车停在路旁。凝视着牌坊上方那一行碑体字，瞬间感觉热血翻滚，面颊发烫，亲切感随即升腾为一种莫大的自豪。我这陌生的家乡居然还是全国重点乡镇？没错，金牛镇三个字真真切切。我的母亲，我的哥哥姐姐无数次叨念过的金牛镇，竟是这样突如其来，猝不及防，真有点令人不知所措。

重新发动汽车从那座牌坊下面开过去的时候，我让时速慢到不能再慢。车上所有的亲人晚辈都没说话，都在平心静气地体会着什么。那座牌坊巍峨神圣，耸入云霄，是一道时空的界岭。对于从未抚摸过故土的后辈子孙，此时此刻，我们正在穿越历史。

在那以后我又接二连三回去过好几次，每次都有回故乡探望亲人的感觉。我很珍惜这种感觉，偶尔还为之感叹，觉得时光流逝过快，今后恐怕越来越难得回去了。

可我再无怅然。我把母亲和同胞姊妹的心愿带回去，在那片土地上深深地种下了。亲人们的心愿种在哪里，哪里便是我心底的故乡。我已经根有所植，心有所安，情有所托，恋有所依。

无论任何时候，尽管山高水远，只要将手掌贴在胸口，触摸到的律动和滚热，那便是我的乡愁。

的的确确，这乡愁源自衷肠肺腑。

乡村记忆

———

拉练生活

张映勤

一

如果说乡愁只限于乡村的记忆，那我应该是没有乡愁的。年逾不惑，从小到大，我一直生活在城市，曾经的小街，坐落在过去的日租界，胡同、小楼，形形色色的人与事留在我的记忆深处，挥之不去，它们完全是城市生活的影像，与乡村毫不搭界。

我的老家、祖籍在山西汾阳的杏花村，著名的酒都，盛产驰名中外的汾酒，父辈及近亲早在20世纪

30年代已经迁居津城，我无缘与故乡发生联系，老家的一切对于我都是陌生的，没有什么印象，也没有太深的感情，总不能"为赋新词强说愁"。参加工作之后，杏花村倒是去过两次，那里早已没有了乡村的迹象，到处是楼房林立、酒厂遍地，俨然一座现代化的城镇。在宾馆住上两三天，参观游览，匆匆而别，梦醒方知身是客，直把故乡当异乡。

这些年也曾多次到过农村小住，但大多是走马观花，少则一半天，多

则三两日，休闲放松而已，浮光掠影式地到处走走看看，缺乏细致入微的体验，谈不上有什么感触，倒是四十多年前的拉练经历让我终生难忘。我对农村生活肤浅的有限的了解，大多源于那几个月的学农劳动。一次是盛夏三伏，一次是数九寒冬，前前后后大致四个月的时间，但却是我人生中刻骨铭心的一段记忆。

二

拉练这个词，现在的一些年轻人也许听都没听说过。20世纪70年代这可是个时髦的词汇。在全国人民学习解放军的热潮中，城市里学生、干部、工人大多参加过拉练。

老人家说过："学生也是这样，以学为主，兼学别样，即不但学文，也要学工、学农、学军，也要批判资产阶级。"当年的中学生，除了上课，每年都要安排一两次学工学农劳动。学工暂且不提，学农、学军都要到城市之外，怎么去？拉练——走着去。所以按照我的理解，

拉练的含义，大致就是拉出去锻炼吧。拉出去，当然是从城里拉到农村，拉练的主要内容就是学农劳动。

20世纪70年代中期，我上初中阶段，学校每年都要组织两三次拉练，目的地是步行到几十里地之外的农村。那时候的学生极少有独生子女，没人娇惯，听说要拉练到农村，过一段时间的集体生活，同学们都很兴奋，极少有托词请假的。常年在城市生活，我们对农村完全是陌生的，新鲜的，城市学生虽不能说四体不勤，但至少是五谷不分。那时候，我甚至没见过农田，分不清韭菜和麦苗，地里的庄稼几乎都不认识。听说能到农村待两个月，能和同学们吃住在一起，我们对那种全新的生活充满了诱惑和好奇。

拉练前，每个同学自己准备被褥行李，带好洗漱饮食用具、换洗的衣服等等。这些东西打成背包，全部带在身上。

出发的那天早晨，我们初中两个班近百名同学，在操场列队集合，心中憧憬着一幅幅乡村生活的美好

画面，兴致勃勃，喜形于色，学校领导进行简短的动员后，一声令下，我们排着长队出发了。

刚从学校出发时，大家情绪饱满，步伐整齐，马路上过往的行人纷纷注目观瞧，指指点点，让我们觉得神气十足，一个个不由得挺直了腰板，昂首阔步，雄赳赳、气昂昂，队伍整齐而壮观。

被褥外面裹上塑料布、油布，用帆布带打成井字型背在身后，上面插着胶鞋，身背着挎包、水壶、毛巾等等，模仿着行军的解放军战士，可谓是全副武装。

俗话说：远途无轻载。走了一个多小时，刚出市区不远，我们就已经累得肩酸背疼，水壶装上水也就两斤多的重量，可此时背起来却觉得沉甸甸的，最让人难受的还不是负重前行，而是头顶上的太阳，火辣辣地直射而下，晒得我们大汗淋漓，头昏脑涨。

眼看着行军队伍的步子慢下来，同学们疲惫不堪，无精打采。带队的老师开始给我们鼓劲："同学们注意了，我们大家一起唱支歌，大伙都把劲使出来。"

一听说要唱歌，同学们来了精神。"日落西山红霞飞，战士打靶把营归……预备……唱。"同学们随着老师的口令扯着嗓子唱起来，这首名叫《打靶归来》的歌，当年每一个中学生都会唱，它不仅曲调欢快，节奏感强，而且歌词的结尾还有"一二三四"的口令，同学们喊起来，声音洪亮高亢，确能起到振奋人心、整齐步伐的作用。

唱过几首歌，同学们的情绪被调动起来，暂时赶走了疲乏，但接下来大多已累得步履蹒跚、举步维艰了。太阳像火一样炙烤着大地，人们身上早已被汗水湿透。

走了四个多小时，我们终于来到了目的地——当年西郊区的一个叫小圈子的村子，先期到达的炊事班同学早已将饭菜做好，并晾好了一锅锅绿豆汤。同学们大多累得没有了食欲，但凉凉的绿豆汤却喝了个精光。

徒步走了几十里地，有的同学脚上磨起了泡，有的晒得中了暑，城市里的孩子，长到十几岁，第一次走这么远的路，烈日炎炎，负重前行，对我们的意志也算是一种磨炼。

每年两次的拉练生活给我留下了深刻的印象，那是我有生以来走过的最长的路、最难忘的路。经过拉练，还有什么路我们不能走呢，每当回忆起当年的拉练经历，同学们无不记忆犹新、感慨良多。

三

到农村拉练，我们主要的任务是参加学农劳动。城里长大的孩子，对乡村生活充满了好奇与向往。当年号召知青下乡的口号"广阔天地，大有作为"，我们深信不疑。到农村锻炼锻炼，吃点苦，受点累，心甘情愿，无怨无悔。

离开家到农村，当然要过集体生活。可男女同学在一起怎么住呢？初中生，尤其是男生，开化得晚，对男女之间的事还不太了解，至少我是不了解。临走的前两天，我就躺在床上胡思乱想，到了农村住在老乡家，男女同学是住里外间，还是分开了住？我心里充满了好奇，脑子里反复琢磨，但愿能和那几个漂亮可爱的女同学住在一起。

等我们到了目的地，眼前的情景让人大失所望，当年学农劳动成了惯例，学校在村边已经建起了学农基地，四排房子一所院子，整整齐齐的一个平房宿舍区。倒是男女同学一起住，可人家女生住在后两排，男生住在前两排，想和女生近距离接触，那是门也没有。女生宿舍是禁区，老师规定，男同学没有特殊情况绝对不能随便到后院去。

我们的宿舍也和想象的大不一样，左右两排的三间房都是砖垒的大通铺，多年以后我看到有些建筑工地农民工住的地方就是我们当年的样子。

学农劳动，每年学校至少安排两次，在我的印象里，夏天的主要任务是拾麦穗、拔杂草等等，冬天主要是在村里的砖厂搬砖拉砖。至于所谓的农业生产知识，最多是分清了五谷知道了节气。到了村里，学校只请队里的一位贫下中农给我们讲了一课,大致介绍了一些农业基本知识,剩下的时间就是干点力所能及的体力活。即使这样,每天收工回来,我们还是浑身累得像散了架,躺在床上连饭都不想吃。

冬天,正是农闲季节,地里几乎没有农活可干,我们的任务是帮助村里的砖窑厂脱坯、烧砖、拉砖。当年的农村生活条件很差,村民多一半住的还是土坯房,砖窑厂的规模不大,似乎也不对外经营,两眼砖窑烧出的砖仅供村民使用。搬砖、码砖、运砖都是重体力劳动,尤其是十几岁的城市孩子,肩不能扛,手不能提,大多第一次干这么重的活。我印象最深的是,在劳动中学会了使用独轮车,两轮的排子车在城里不难见到,但是独轮车听说过,没见过,更没有用过。农村的地埂狭窄,适合独轮车行走,更主要的原因,我以为也许是考虑到造价便宜,为了节省材料,少装一个轮子,那时候的贫穷是现在的人们难以想象的。一个轮子的小推车用起来肯定不方便,两只手除了要往前用力,还要掌握好车把左右平衡的力度,否则很可能东倒西歪将车上的货物倾覆在地。别说是田间地头,就是当年村里的土路都是坑洼不平的,用独轮车运物更能考验一个人的技术。虽然我身体单薄,但从小争强好胜,独轮车练了几次,摔了几次,逐渐掌握了如何使用臂力,把握好平衡,最后将小车推得疾走如飞。看着同学们羡慕的目光,小小的虚荣心得到了些许的满足。时代的进步淘汰了许多生活中的旧物,如今,独轮车在乡村基本上绝迹了,但它留给人们深深的记忆。

盛夏,骄阳似火,烈日炎炎,我们在老乡割过的地里拾麦穗。滚烫的大地上是一望无际的麦田,背上毒辣辣的阳光晒得如烤火一般,无遮无掩,身上被麦芒扎得奇痒难挨,无处躲藏。弯着腰拣了一垄又一垄,累得腰酸背痛,心生绝望。"谁知盘中餐,粒粒皆辛苦。"书本上的诗句让我们在现实生活中有了切身的体验,每一粒粮食都包含着农民的汗水与艰辛。

拾麦穗、拔杂草也许是农活中劳动强度最小的，但对于我们却不亚于一种磨难。尤其是天热口渴，嗓子里像着了把火，让人难以忍受。同学们埋头干着，心里期盼着老师休息的哨声。老师像监工一样站在地头，注视着每一个同学的劳动进度，不时地督促着、鼓动着。盼望已久的哨声终于吹响，同学们蹦着跳着奔向地头，水桶如同磁石一般将人们吸引过来。

学农基地小圈子村是华北平原上一个普通的小村落，全村不到一百户人家，明朝初期的时候是官军养马、积草、囤粮的地方。村子破败萧条，虽没有山川河流等风光景致，但却平静安宁、自然和谐。当年的农村贫困落后，除了四外的田野、新鲜的空气，我没有更多的印象。况且，我们那时少不更事，与村民缺乏沟通交往，住在建好的宿舍里，与当地的乡村生活几乎是隔绝的。20世纪70年代中期，正是政治挂帅、大讲阶级斗争的年代，到了村里，贫下中农代表简单介绍了村史和一些农业常识，然后把村里的几个"四类分子"叫来批斗了一番，几个地主、富农、坏分子站在中间，如瘟鸡一般低着头，大气都不敢出，他们似乎习惯了这种场合，面对城里的初中生，几声口号声讨，身体没受到伤害已经是幸中之幸了。

清晨或傍晚，我们游走在小村的街巷，阵阵的炊烟扑面而来，村民们在生火做饭。乡村的生活是有节奏有规律的，就如同一日三餐顿顿升起的炊烟。清晨，天刚蒙蒙亮，鸡在唱狗在叫，寂静的小村渐渐从沉睡中唤醒，伴着音乐，缕缕的青烟在每家每户的屋顶缓缓升起，乡亲们起床洗漱做早饭，一天的劳作拉开了序幕。中午的阳光浓烈灿烂，这时的炊烟多是闻得见看不清的，它飘散在乡村的每一个角落，夹杂着更多的味道，柴草的芳香、泥土的清香、阳光的暖香、饭菜的醇香，它是城市难寻，只属于乡村特有的气息，朴素、祥和而温馨。夕阳西下，夜幕降临，炊烟在昏黄的灯光映衬下显得别有韵味，或笔直、或婀娜、或浓重、或清淡……形态万千，如丝如缕，小村就像水墨画一样笼罩在一片烟色迷蒙之中。有烟火的地方就有人家，它是乡间炊烟的根，有了根，炊烟就是呼唤人们的信号，炊烟就是乡村的呼吸和生命，它随风飘散，无影无形，但永远离不开家，乡亲们再苦再累，再穷再难，只要看见了炊烟，闻到了炊烟，就有了家的感觉，就有了温暖和希望。

深深地吸一口气，柴草特有的清香沁人心脾。我以为，村庄的气息就是从这袅袅的炊烟中散发出来的，细细品味，里面有一股股泥土和柴草特有的芬芳。时过境迁，少年时小村的炊烟仍然让人魂牵梦绕、回味无穷。

四十多年过去了，小圈子村是我待过时间最长的农村，当年城乡差别之大超出人们的想象。城市尚且商品匮乏，凭票供应，农村更是条件艰苦。当时村里只有一个公家的小卖部，十几平方米的一间平房，里面的商品少得可怜，除了一些日用百货，不多的几样食品——糖块、奶糕、饼干等等让同学们一扫而光，只要是能吃到肚子里的东西无一幸免。其实，学生们当年也没什么钱，大多是父母给的一点应急用的零花钱。

白天在地里干了一天农活，同学们最快乐的时光就是晚上在一起说笑打逗，没有电视，没有报刊，没有任何娱乐方式，甚至连收音机也没有，大家在宿舍胡打乱闹，其乐无穷。

同学相处，人际关系非常重要，每个班都有几个调皮捣蛋、嘎坏阴损的学生，他们在宿舍里制造了各种恶作剧，专门捉弄那些看似老实又招人讨厌的同学。所谓"可怜之人必有可恨之处"，这些人平时的同学关系不好，老实本分的同时也自私自利，身上有这样那样的小毛病，受了欺负一般也得不到同情，两个月的集体生活，对他们来说无异于炼狱般受尽折磨。挨打受骂、推来搡去，夜里睡着觉被子不知被谁掀掉，直至冻醒；吃饭时稍不注意饭菜就被人撒上稻草，甚至有人往他们的水壶里灌上了尿……

每天晚上，宿舍里乱乱哄哄，热闹非凡。熄灯的铃声一响，查夜的老师走后，黑暗中的同学们挤在一张大通铺上又是一阵折腾，直到累了乏了闹够了屋里才寂静下来。

四

当年物质条件差，老师又似乎刻意用一些艰苦的手段磨炼学生的意志。学农劳动期间，每天的伙食很差，基本上见不到荤腥，平时主要是吃大锅熬的白菜、土豆、萝卜之类，清汤寡水，缺滋少味。炊事班的同学大多没有在家里做过饭，到点能把饭做熟了就已经很不容易了，色香味是根本谈不上，只能说是管饱而已。

学农劳动给我最大的收获是改变了挑食偏食的毛病。那时候，不知是什么原因，白菜、红萝卜、茄子这些蔬菜我都不喜欢吃，在家里的时候宁可吃白开水泡饭也不吃这

几种菜。到了农村参加劳动，干了一天活，回到宿舍饥肠辘辘，饿得两只眼发绿，到手的饭菜恨不得一下子吃到嘴里，不喜欢吃的菜一顿可以不吃，两顿可以不吃，三天下来强往下咽也得吃下去，不吃就没有别的菜可吃。所以学农劳动回来以后，我想不起来还有什么我不爱吃的菜。

学农基地的条件差，同学们平时吃饭，冬天在屋里，夏天在院里。到了饭点，炊事班的同学搬来一盆菜，一笸箩馒头、窝头，一桶粥或汤，分别盛到每个人的饭盆里。有一次夏天傍晚在院里吃饭，一个要好的同学偷偷往我碗里夹了一块酱黑色的东西，我以为是一块咸菜，瞪了他一眼扔到了一边。后来他偷偷告诉我，那是从家里带来的酱牛肉，特意给我一块，怕别的同学发现，故意没敢声张，没想到却被我误解随手扔到了地上。四十多年过去了，这个细节我至今难忘，对这位同学仍然心存感激。

学农劳动，只有病号的伙食才

能得到改善，感冒发烧闹肚子等等，不仅不用下地干活，还能享受小灶的待遇。说来也怪，上学期间，无论是好学生、坏学生，我的人缘始终不错，颇有几个关系很铁的小哥们。有一个要好的同学在炊事班，时不时地利用手里的特权给我点好吃食，有一次私下里告诉我："明天你就说不舒服，找个理由待在屋里，我给你做病号饭。"装病的事咱不能做，不是我觉悟高，是不想弄虚作假让同学低看一眼。平时争强好胜惯了，自己的那点人品是慢慢积攒下来的。他的好意我心领了，但没有照他说的做，第二天照常出工。等我回到宿舍，这位同学给我端来了病号饭，热腾腾的西红柿挂面汤，碗底下藏着两个鸡蛋。他冲我眨眨眼，当众大声说："你胃疼还坚持下地，我跟老师说了，这两天给你做点小灶。"我心领神会，连连道谢。这位同学很讲义气，手里有这点小权力，没忘了给要好的同学行点方便。其实老师同学也明白这里面的"猫腻"，只是没人挑明罢了。当然，我连忙说胃疼好了，只吃了这一次所谓的病号饭。

我清楚地记得，有一次学农劳动临结束时，生产队为了奖励学生，决定每人发四个玉米棒子。玉米放在村里类似食堂或礼堂的大平房里，水泥地上密密麻麻四个一堆摆满一片，同学们早早地在外面排好了长队，依次进去一人领一份。玉米只比红萝卜略大，颗粒已经干得近乎透明，难以食用，尽管如此，同学们仍然兴高采烈，喜形于色，毕竟这是通过自己劳动获得的成果。

有关乡村的记忆，留给我印象最深的莫过于中学时代的拉练，莫过于这几个月的学农劳动。那是我们有生以来第一次过乡村生活、集体生活、艰苦生活，对一个城市学生来说，这种锻炼显得十分必要，吃点苦，受点累，经受点磨难教育，既让我们锻炼了体力、磨炼了意志，又改变了我们一些不良的生活习惯。久违了，小圈子，四十多年前的这段经历让我受益匪浅，终生难忘。

岩温的斗鸡生涯

朱 零

有很长一段时间，我都梦想着能留在西双版纳，做一个傣家的女婿。傣家的姑娘吸引我还只是其中的一个原因，更主要的，是傣族的生活方式，是那些男人的生活方式，让我神往。我相信，只要是个闲散的、像我这般好吃懒做惯了的男人，没有一个不向往那种神仙般的快活日子。

傣族的男人不干活。

也不是什么活都不干，傣族的男人只干大事。傣族人家最大的事就是盖房子。但人的一生，能盖几回房子呢？还有些人家，祖上留下来的房子住都住不完，他这辈子就不用干活了。不盖房子的时候，他们在干什么呢？

喝酒，聊天，聚众，斗鸡。

到了西双版纳，我才理解土地肥沃是怎么回事。打个比方吧，你上午在一个山坡上插一棵竹子，下午就能看见周围冒出一片笋子来，第二天再来一看，就成一片小竹林了。如果你今天在草丛中看见有几个鸡蛋，那么明天再过来，出现在你面前的，肯定是一窝叽叽喳喳的小鸡。如果在山上放两个大活人呢？过不了多久，一道错误的算术题就会出来，一加一居然就等于三了。岩温就是这么出来的，他就是那个三。汉人容易把这个"三"理解成"小三"的"三"。事实上，岩温是那两个"一"的成果，他从半成品长成成品，从成果长到能自己制造成果，总共花了不到十四年时间。

一个在山上出生并长大的人，跟那些在草丛中出生并快乐成长的鸡有什么区别呢？当然没有，他们的快乐是一样的，一个野人和一群野鸡，互相嬉戏，打闹，调侃，斗智斗勇，有一只小公鸡经常和岩温打个平手，互有输赢。岩温对它佩服得不得了，叫它"灰机"，这是昵称，就像有些人叫自己的老婆"小心肝"一样。岩温经常趴在地上，把手当作嘴，和灰机互相啄着玩。有一次灰机飞起来，用脚猛踏岩温的脑袋，岩温觉得自己的天灵盖，像被钉耙耙了一下，用手一摸，

黏糊糊的，血丝顺着指头往手腕上蚯蚓一样爬了下来，就在他一愣神的工夫，灰机的一泡鸡屎，"噗"的一声，射了他一头一脸，浓淡相间，咸淡正好，不温不火，好在岩温在当地也不是什么有头脸的人物，小布什还被人用臭鸡蛋往脸上砸呢，但这一泡鸡屎，把岩温给砸醒了，他要把灰机培养成一只战斗鸡。

这是一个伟大的决定。岩温的这一个决定，搅乱了整个西双版纳州的最近二十年的斗鸡格局。既然要把灰机培养成一只战无不胜攻无不克的公鸡中的战斗鸡，那就必须让它远离平日里那一窝和它总是黏黏糊糊的小母鸡。灰机是个天生的情种，那些家养的小母鸡它根本就看不上，和它整天黏在一起的，都是那些鸡格独立的、体格健壮的、有自由追求的、自己找虫子吃的，也就是不吃嗟来之食的漂亮小母鸡。这些母鸡既不靠搔首弄姿来取悦灰机，也不会拿着刚下的蛋来威胁它，举报它，更不会举着医院里那一堆做人流的发票，到处诉说，以博取

其他母鸡的同情。其实，在鸡的世界里，活的就是一种神态，一种坦荡，那些神情猥琐的鸡，永远是最先被宰掉的。

岩温有一个哥儿们，小时候一起玩得挺好的，等到会泡妞的年龄，性情突然大变，给女孩子打电话时，不但嗲声嗲气，还奶声奶气，一个"喂……"，后面拖出一两分钟的尾音，男人听了，鸡皮疙瘩顿起，估计有些女孩子就好这一口吧，不然，岩温的那个哥儿们，怎么到现在还对着话筒"喂……"呢？后来岩温受不了这一腔调，主动和他疏远了，岩温说，只有那些家养的母鸡才会喜欢那一套，给一只小虫子，马上就能跟在你屁股后面屁颠屁颠的，甚至在众鸡面前，就会让你骑上身子去，说是丢鸡的脸吧，其他鸡还不答应，因为和灰机一起玩的鸡根本就不会把那些鸡认为同类，灰机说，那就不说丢脸了，丢鸡屁股吧。因为让公鸡骑上去的那些母鸡，鸡尾巴一翘，便露出一个丑陋的屁股出来，有些，屁股上还挂着一抹稀屎，当然，它们自己是看不见的。

岩温对灰机的改造终于有了回报。成长为战斗鸡的灰机经过近半年一对一的训练，不但把斗鸡本身的勇敢、拼命三郎精神发扬光大，还把岩温身上具有的狡黠、智慧、镇定等一系列和人有关的特质都学了个八九不离十。这么说吧，灰机把《孙子兵法》中的三十六计，活学活用，能用到实际战斗中的，就有五六计，它甚至和别的鸡打着打着，会故意卖个破绽，一侧身，等那鸡一扑上来，突然就是一记白鹤亮翅，其实，光这一招，就足以置所有斗鸡于死地。斗鸡靠的是腿力，讲究的，是踢腿时的稳、重、快。鸡在打斗中，注意力都集中在对方的腿上了，腾空，踢腿，便看见一地鸡毛，皮开肉绽，血肉横飞，这是一般斗鸡场能见到的场景。可有灰机的斗鸡场，场地却是少有的干净。灰机不会虚张声势，也很少主动出击，两只斗鸡在开打之前，都有个交颈的动作，像拳击手互相触拳致意。之后便是你死我活，灰机在致过意之后，便背着翅膀安静地等待，无招无式，不丁不八，像穿着一袭青布长衫的书生，等着横刀立马的武夫的冲杀，然后卖个破绽，然后人仰马翻，都没见灰机怎么动，那只鸡就被抬了下去。有人见过鸡会卖个破绽的吗？灰机简直就是一只类人鸡。不要命的斗鸡大家都见过，但在擂台上如此优雅，于万马千军中取敌人上将首级如探囊取物的战斗鸡，在傣族的传说中，都不曾有过。

现在有了。

传说越传越远，越传越神秘，来自澜沧江流域的同有斗鸡爱好的许多国家和民族，它们的斗鸡高手每天都抱着自己心爱的斗鸡来找岩温一决高下。唉，许多人斗了一辈子鸡，都明白不了，斗鸡其实是在斗人，是在斗人调教出来的鸡。许多人鸡斗败了，都怪自己的鸡不好，不够强壮，不够凶悍，他们哪里知道，靠蛮力的斗鸡，能赢一场，两场，却不可能赢第三场，第四场。

斗鸡场里人声鼎沸，群情激奋，有些傣族男子甚至赤裸着上身，抬起的手拿着一沓钞票，在空中大回环舞动，各种文身在眼前闪耀，粗大的金项链在脖子上被汗水浸透，发出暗光，喊杀声震天，这种场景只有在冷兵器年代的战场上才能见到。也有其他民族的男子，也有汉族，但都明显要安静得多，目光甚至有些游移、躲闪，眼神里看不见杀气，有个穿西装的家伙被一光膀子的一挤，便踉跄着出了人群。这是在西双版纳吗？这是传说中的温顺、善良、热情、好客的傣族吗？这当然是傣族。岩温带着灰机，此时的岩温，看起来也比平时剽悍，只是灰机仍然一副书生样，对周围的嘈杂及钞票，视而不见，也许，它在背昨晚刚学会的《问刘十九》？或者，想起了一只野生的小母鸡？一个夜晚？一个瞬间？一个和它有关的蛋？来不及多想，敌人来了。如果灰机想玩一玩，便给对方两到三个回合的时间，如果不想玩，一招制敌，在它，亮翅，结束战斗，在岩温，收钱，拍屁股走人。干脆利落，绝不拖泥带水。

傣族是个水边的民族，居住在澜沧江的下游。这里土地富庶，气候宜人。难道其他民族不爱水吗？不愿在水边居住吗？不愿意把家安在一条河流的下游吗？自有人类以来，傣族就一直居住在水边？居住在澜沧江的下游吗？肯定不是的。岩温也不知道他的祖宗是什么时候开始居住在这里的。但我知道，岩温身上流的血液，是纯正的傣族血统。斗鸡时你能看见他的坚定和果敢，训练斗鸡时你能看出他的智慧和才华。我敢肯定，这样的斗鸡场面，一定是从战争中延续下来的。各民族在不断地争夺水边的居住权的战斗中，傣族获得了最后的胜利。他们赶走了其他的民族，其他的民族继续争夺靠近水源的居住地，战败的一方，被越赶越远，最弱的一个民族，或者部落，不得不在山头，或者深山里居住，随着历史和岁月的流逝，这样的民族渐渐失去了竞争力，失去了活力，最终，消失在茫茫的群山中。

这是傣族的幸，也是那些消逝的民族的不幸，这就是历史，这就是人类史，物竞天择，适者生存。我相信，傣族流传至今的斗鸡，并不是供男人消遣、玩乐，或者起哄的，这是傣族的老祖宗们为了让战斗的细胞随时在后人的血液里流动、奔腾，斗鸡是为了保持一种警惕，保持一种战时的状态，只要有需要，傣族的男人们随时随地都能投入战斗，保家卫国，为自己的女人而战，为自己的民族而战。而那些异族人，斗鸡场的围观者、穿西装者、旅游团、背包客、私奔者、知识分子、嗲声嗲气的打电话者，都是过客，一个民族的过客，一段历史的过客。

我是不配做傣家人的女婿的，虽然我也喜欢喝酒、聊天、聚众、斗鸡，可我这都是扯，我血液里，是高血压、高血脂、高血糖，一丝战斗的基因都没有。手无缚鸡之力，谈何斗鸡？更何况，我还穿着西装，在斗鸡场里，被一个光膀子的一撞，便踉跄出人群的，就是我。好在，岩温斗完鸡以后，第一个要找的，便是我，我是他异族的好兄弟，我想，既然做不了傣家的女婿，做一个傣家的朋友，也是一种缘分。

留兰的白虎冲

冯 昱

第二次到白虎冲，我才知道第一次来的那个晚上，就住宿在留兰家里。但我对她居然一点印象都没有。

可是留兰说："我一直都在白虎冲啊。"

白虎冲的来由，据《广西壮族自治区贺县地名志》记载："村北有座山形似老虎，原称北虎冲，后改今名。"

在广西贺州，无论是瑶族人，还是汉族的本地人与客家人，都把山间河谷以及谷中的溪流称为冲。

冲，也是瑶族地区自然的行政区域划分，相当于村寨。

白虎冲是土瑶同胞居住了八百余年的二十四条山冲之一。

第一次去白虎冲，由时任八步区文联副主席刘静联系并带路，他出生于土瑶占多数人口的明梅村，但他是过山瑶，喜欢摄影和新闻写作，在鹅塘镇政府工作时跑遍了土瑶同胞居住的大桂山脉，在六个村二十四条山冲都和土瑶同胞喝过很多酒。土瑶同胞叫他"刘记者"，这是尊称也是昵称。和他一样，我也是过山瑶。不一样的是我出生的地方远离土瑶地区。从小就听长辈教导我们：不要随便踏进土瑶山寨！因为他们会很多法术。比如虾公（河虾）法，施法者捞一只虾公丢到旱地上，等到虾公死，被下了法的人就会死去。又说土瑶人会拿腌酸的蚯蚓招待客人，如果客人不吃，就会被认为是嫌弃主家招待不周，主家就会对客人动用法术……

凡此种种，曾让我对土瑶山区望而却步，却又被那种种神秘所诱惑而向往……

我、刘静、S和纪尘一起去白虎冲采风。由于常年出入土瑶山区，刘静在山地骑行摩托车的技术非常好。

那是个午后，有很好的阳光诱惑着我们的行程。刘静搭我，S搭纪尘。白虎冲所在的狮东村属沙田镇管。途经沙田镇政府所在地，周边都是田垌，八百多年前土瑶先民曾经居住在这块平地上，拥有过这里的良田沃野，后来被赶进大桂山脉深处，几乎没有了水田，只能在旱地上刀耕火种。后来官府把这片高寒山区判给了他们，于是定居下来，不再过山迁徙，逐渐发展成瑶族一个独有的支系。过山瑶称他们为"在（住）地瑶"，意思就是在一个地方住（定居）下来。他们自称为"土瑶"，或许是因为拥有了自己的土地吧——尽管异常贫瘠。

过了桂山水库就开始进入山区了，摩托车在绿海中不停上坡，在山腰上过横路，再上坡。陡峭的坡路被夏天丰沛的雨水冲刷成一条条小沟小坎，横路上则经常有雨水积成的烂泥坑，这样糟糕的路况如果让我开摩托车，摔跤吃苦头在所难免。行驶了两个多小时，当两辆摩托车像病牛一样喘着大气冲上山垭口时，白虎冲终于出现在眼前，在绿意掩埋的深谷底下。

纪尘对抛落谷底、开在悬崖边上的山路产生了恐惧，要刘静搭她，让S搭我。路的陡峭和路边悬崖的深不可测让我不敢再说一句话，生怕让驾驶员分心而飞车坠谷。

下到谷底，路才开始平缓起来，终于看到了清清的白虎冲，温言细语般的流水声反而让人觉得山谷异常幽静。我高高悬着的心也开始平复下来。沿着冲水往更深处走，在遮天蔽日的浓荫里，冲水的清澈见底和水底的沙石鱼虾让我回忆起童年的生活。越往里面走，山谷两边山上的古树越多。

终于看到土瑶同胞了，在近寨子的冲水边，有一位四十多岁的土瑶女人，身穿蓝色的民族服装，把柴绑成一捆横背在身后。这独有的生活图景让在县城出生长大、属于平地瑶支系的女作家纪尘怦然心动，叫刘静停车，她下车来频频按动单反相机快门。

再行驶几分钟，转过一个山弯，终于到达寨子了，这是住在谷底的几户人家。墙体有红泥夯的，有用木板或竹子围的，有盖瓦的也有盖杉树皮的。山谷两边坡上都有人家。寨子的主体在左边的坡上，共有二十余户人家，屋子层层叠叠沿坡往上建。村委主任家也在那儿。这个五十多岁的土瑶男子，不高，略显黑瘦的脸上饱经风霜雨雪，双眼透出山里人的坚韧，比起很多土瑶同胞来，还多了一丝精明。他叫了两个小伙子下来，要帮我们把摩托车开上去，但刘静和S对自己的车技都很相信，坚持要自己从那段宽不到一米的陡峭坡路把车开上去。我和纪尘下车徒步爬坡。上到主寨，才发现这里的寨屋墙体也和谷底的一样，都是用瓦或杉树皮盖的。村主任家在寨子高处，坐东向西，前后两排泥瓦屋，北面建有一层钢筋水泥楼，只有两间房，每间约二十平方米。这是当时白虎冲瑶寨唯一的砖混结构建筑。寨子后面是山林，左右是山林，对面的几架山也全都是郁郁葱葱的山林。山林包围了寨子，包围了深入寨子的我们。在那个有着成熟山柿一样鲜艳落日的傍晚，我感觉到自己又回到了童年，山林就如母亲温情的怀抱拥抱着我。

白虎冲的这个夜晚并不宁静。主人杀了土鸡，用茶籽油炒过后煮了鸡汤，加入瑶山特有的薄荷香菜，香味弥漫了整个屋子。还有土瑶人家特制的腌酸肉、在山地上种的油菜和主人特意进森林里采摘的野菜,摆满了长长的一桌。来白虎冲之前,我已经去过另外两个土瑶山寨,都没有见到传说中让人惶恐的酸蚯蚓。这次也没有。后来我才知道,那真的只是一个恶意的传说。主人邀请了寨上的很多亲朋好友来陪我们喝酒。我们是客,被安排在靠墙的一面,坐到里面就被围堵住出不来了。这是土瑶同胞为了方便向客人敬酒使的办法:客人很难离席,不醉是逃不出那份热情的包围的。很快地,我就喝得晕晕乎乎了。不知什么时候,酒歌就唱起来了:"喝些酒咧,喝就喝匀匀些咧……"

和我听过的许多欢快热烈的敬酒歌不一样,土瑶敬酒歌的调子软软的,犹如木薯酒那般绵醇而醉人。在歌声中,你的酒碗递到我嘴边,我的酒碗送到你唇下,四眼相对,众目睽睽,不真诚不行,不喝不行!你咕噜一口灌完我碗里的酒,我也咕噜一声灌完你碗中的酒。人人都是一样的酒,碗碗都是一样的量。每次干完了要倒一下酒碗,不能有酒滴下来,没有喝干是要罚酒的。这就是歌词唱的:"喝就喝匀匀些咧……"之后唱:"吃点送咧……"边唱边夹起一块肉送到你嘴里,你也夹起一块肉送到他唇边。今人讲究卫生,很少有人再这样做了,保留下来的只有唱歌敬酒。村里的小学校长凤石花,还有主人年轻的儿子,都夹了肉送到我嘴边,我吃了并夹肉回敬了他们。不吃和不回敬都是失礼的,会被对方认为你看不起他(她)。

也许是村长特意交代,说是有作家和摄影家来采风,要拍照和摄像,因此来吃饭的男男女女,都穿上了民族服装。土瑶在大桂山脉定居下来之前,应该也属于瑶族最大的支系——过山瑶(尤勉),因为他们和过山瑶一样,也有世代相传的典籍《过山榜》(《评皇券牒》)。土瑶使用的语言和过山瑶一样,同属汉藏语系苗瑶语族瑶语支勉方言,有百分之八十以上的词汇一样,只是语调有些不同，能互相交流。土瑶服饰与过山瑶差异较大，过山瑶服饰以黑布为底，配上精美鲜艳的五色瑶绣，而土瑶服饰以纯蓝为底，几乎没有绣花，比较简洁。男装为露脐短衣，长裤的裤筒却大得很夸张，远看就像是裙子，又像是东南亚人穿的笼基。女装则相反，上衣是长衣，裤子则超短，小腿上有绑腿。女子戴的木帽最有特色，外面画上黄绿相间的竖条，表层漆上桐油，亮光闪闪的，显得鲜艳夺目。帽子上面、两侧和后面配上五彩瑶锦。男子头饰则比较简单，在白毛巾上绣上一些花纹图案，通常还绣上一些汉语文字。虽是几个字，或是一两句话，却不知融进了多少山花般烂漫的土瑶女子的情感，也不知绣出了多少瑶山的情爱故事。

在筵席上，村主任的夫人给我穿上了土瑶男装。他们都说我真像土瑶人。

我一直很奇怪，那天晚上为什么没有见到留兰呢？或许是见到了，只是我根本就没有留意到她。

一年多以后，我第二次来到白虎冲。这次是协助刘静拍摄土瑶婚礼——《广西画报》的约稿。

在主寨寨脚，一个女孩子从坡上走下来，在两道篱笆之间。她穿着牛仔裤，配一件粉色的夹克。阳光照在她的脸上。老实说她算不上漂亮。但让我一下记住她的，是她脸上居然有着两片高原红，这在南方亚热带雨林中是极为罕有的，可以说我是第一次见到。她还有点婴儿肥，这在当年在瑶山也是极少见的。刘静连连按动快门，给她拍了很多张照片。等她走近了，刘静问了她名字，她说她叫留兰。

我们要去离寨子两公里之外的山路上拍摄新娘。和过山瑶一样，土瑶的送亲队伍也是在接近新郎寨子的地方选一处较为平缓的路段，停下来给新娘梳妆装扮——要穿上土瑶传统的新娘盛装。这个过程需要两个小时左右。留兰一直跟着我们。由于忙于拍摄，我并没有顾及她太多。

当长长的送亲队伍翻过主寨北

边的山坳，走过寨脚的横路，接近谷底的新郎家时，刘静已经扛着摄像机跑到送亲队伍前面去了。

我和留兰落在后面。当走到主寨路口，留兰停下了脚步。她说她要回家了。我也停了下来，说："你不去看新娘进新郎家吗？"她说："我看得多了，不看了。"她又说："你出汗了。"我一愣，看了看她，说："你也出汗了。"时令虽已进入冬天，但这个有着很好阳光的下午，天气有些炎热。

这时，她突然就抛出了那句让我后来一直记住的话，真是猝不及防。

她说："你去我家洗凉吧，我做你情人（女朋友）。"

我当时就惊呆了，不敢相信听到的话是真的。她以为我没有听清，又重复说了一遍："你跟我回我家洗凉吧，我做你情人。"声音比上一句小了许多，带着羞羞的怯意，说完就低下头去，像是一株被太阳晒蔫的山草。

我一时不知所措，不知怎么回答她才好。

在我发愣的时候，她已经转过身去，面朝上坡的泥土路，只是还没有迈出步子，还在等待我的回答。

我嗫嚅着说："我先去看看刘记者还要不要我帮忙。"

她迈步上坡，步子越来越快，在那条红土路上，只有她一个人的身影在移动，显得异常孤单。她一直跟着我们走了大半个下午，我不知道她下了多大的决心，鼓了多少次勇气，才对我说出这句话来。那时我正单身，但我对这一切丝毫没有准备，也根本没有想到过有一天会遇上一个土瑶女孩子喜欢我。土瑶的传统习俗是不与外族通婚的，即使都是瑶族，土瑶与我们过山瑶也很少通婚。土瑶的婚恋也比较自由，有试婚的习惯。按照传统，女孩子长大了，父母就会在主屋外面给她另盖一间小屋，以方便晚上小伙子来和她谈情说爱。父母年纪大了，白天干活又累，睡在主屋里不会被年轻人干扰。这个总人口只有七千余人的瑶族支系，想尽办法来保证族群的繁衍生息。由于人口太少，居住地比过山瑶更边远，自然条件比过山瑶山区更恶劣，因此土瑶同胞与外界相比时往往显得比较自卑，即使和过山瑶相比也会这样。

我不知道留兰会不会认为我瞧不起她。我希望自己没有伤害到她。我很快就和刘静会合，又投入到忙碌的拍摄当中。

传统的土瑶婚礼，要举办三天三夜的长桌宴。由于土瑶山区经济落后，大多数家庭比较贫困，为了脱贫致富，节省花销，经政府引导，改为一天一夜。土瑶的婚宴，晚上是喝酒唱歌到天亮的。那天夜里，到凌晨两点我的眼睛和身体都困得不行，再也支撑不了了。刘静把我带到留兰面前，叫她带我回她家休息。但留兰拒绝了，说她还要喝酒，叫她妹妹送我。说完她就回到长桌筵席边，挤进一群小伙子当中，和他们拼酒逗乐，还和其中一个小伙子眉来眼去，递送秋波。她妹妹把我送到家里，安排我住下，就又返回新郎家喝酒去了。

今年夏天，我和刘静带上几个文友，再次重访了白虎冲。水泥路已经通到村里，如今进山出山再也不像先前那样困难。我们开了两台小车，从城区出发，不到两个小时就到了。这也是个晴朗的午后。刚到谷底，白虎冲就已经变得让我认不出来了。山谷两侧人家也都建了青砖水泥楼房。山谷中最高的建筑，是村里的小学。路的两边还安装了太阳能路灯。我们把车停在谷底下。我听到了熟悉的山间鸣蝉。在它们演奏的欢迎乐曲声中，我们徒步走到坡上的凤石花家。还是找不着北，因为他家三层半的楼房挡住了视线，我一时看不到整个寨子。十几年不见，他还是这里的校长，只是大半头发已经被瑶山的风雨漂白。

凤校长煮了瑶山黑茶给我们喝。一入口我就知道这茶叶是有着足够年份的。土瑶山区产的茶非常好。1957年和1958年，土瑶乡长盘少明连续两年被评为全国劳模，挑担茶叶上北京，受到党和国家领导人的接见。我问凤校长："你家这是在主寨上吗？"他说："是的。"我说："我怎么觉得不像。"他就笑了："你出门往右，从几户人家的门口走过去，就能看出来了。"但我们没有马上走出去，因为我们发现竹篓里有许多黄瓜，这是瑶山特有的品种，粗短而显得胖乎乎的，皮黄肉白，大的有七八两重。我们每个人都吃了一大条，真是又甜又脆。

离晚餐的时间尚早，我们决定随便走走。果然如凤校长所说，我们走过几户人家的门口后，许多地方逐渐变得熟悉起来，当然也看到了更多的陌生。当我们走过寨脚，爬上北面的山坳口时，主寨的全貌终于尽在眼前。当年那些坡上层层叠加上去的土屋木板屋，如今已经被紧密相连的青砖水泥楼取代。而我的老家启运冲山顶寨，几乎全都搬到了镇上，村庄已经空了。这里几乎没有人因扶贫而易地搬迁出去。我想，只有他们的内心才异常清楚：坚守了八百多年的山林与土地，世世代代养育他们的家园，他们是永远不能放弃的。

村庄还是那座村庄，只是房子全都变了模样。

我们拍了主寨的全貌，往山的另一面走。路上有个十岁左右的小男孩把锄头倒立起来，用柴刀敲击加固锄头的木柄。我突然差点掉下眼泪，因为我看到了我们民族传承传统文化的希望。

突然响起了雷声，这是桂东常见的夏日气候现象。我们彻底地闲下心来，走向一户单家独户的人家。主人热情地招呼我们进屋，但我们更喜欢待在外面看风景。主人于是把凳子拿出来给我们坐。门口用水泥铺了地坪，有几十个平方米宽。外围种了月季花和橘子树等。大家都赞叹说这真是个好地方，主人农闲时，可以搬个小板凳出来，坐看山间云起雾落。主人和刘静是老熟人，久别重逢，聊得很欢。山雨说来就来了。主人说准备做晚饭了，热情地邀请我们在他家吃饭。但我们婉拒了，雨停了即往回走。

途中突然遇到一群在山上干活回来的女人，每个人的肩膀上都扛了一根木柴。很多人都和刘静打招呼，叫他刘记者。在接近一个只有几户人家的小寨子前，我突然看到了一个熟悉的身影。我不敢相信，再仔细看，确定是她，脸上的两朵高原红还在。在山里干活辛苦，日晒雨淋，和山外的同龄人相比，她脸上自然带有几丝风雨痕迹。她就站在路的上方。刘静停了下来，他和她已经打了招呼。我也停了下来。刘静指指我，问她："你认识他吗？"她说："不认识。"刘静说："这是以前和我在你家吃过饭住过夜的冯老师。"她说："是吗，我认不出来了。"我说："你是留兰。"留兰说："我家就在这里。"说完用手指指身后的一栋两层的水泥楼房。她嫁得很近，在同村的不同寨子，回娘家只需二十多分钟。有一男一女在旁边人家门口跑来跑去玩追人游戏，留兰说是她的女儿和儿子。她盛情邀约我们在她家吃晚饭，我们也婉拒了。临别，我们三人互相留了电话号码。

在回凤校长家的路上，留兰通过电话号码加了我的微信。

凤校长家还没有做好晚餐。我和刘静到寨子上头拜访了留兰的父母。当年我住过的泥屋已经拆除，纪尘住过的只有一层的水泥楼还在。留兰的父母没有马上认出我。说起往事，大家才逐渐回忆起来，不禁感慨时光流逝之快。

回到凤校长屋后，在一小块平地上，一群孩子摘了很多树叶摆在地上，一个小女孩拿了把菜刀剁着树叶和草。他们在做过家家的游戏。我的眼泪突然又掉了下来，因为我从他们身上，看到了一个民族的希望与未来。

我在想，如果我当初答应了留兰，不知现在会是如何。学生时代我拼命读书，为的就是逃离充满艰辛和苦难的瑶山，不可能重回山里。而没有读过多少书的留兰，如果跟我去了城市，她能适应吗？真不知有什么是适合她做的。

而今的瑶山，路通了，电通了，网络也通了，生活不再像先前那样艰辛。我想，这才是最适合留兰生活的地方。

凤校长家里杀鸡宰鸭，自然也

少不了招待贵客的腌酸肉。当年在留兰家吃长桌宴用的是瓷碗，如今在凤校长家用的都是一次性塑料餐具。很多村庄办酒和过节都这样图方便省事了。我向凤校长提出了建议，希望他能引导大家尽量不要使用一次性塑料餐具。因为我希望瑶山永远美丽。

凤校长是极少数不喝酒的土瑶男人，在他家摆的长桌宴上，请了许多亲友来陪我们喝酒。现在路好了方便了，我们吃完饭就可以赶回城里，再也不用像当年那样住宿了。所以我们不能放开来喝个一醉方休，因此也少了当年在留兰家喝酒那么热烈的气氛。

回到城里，我把当年拍的一些照片从微信上发给了留兰。除了了解一下她现在的家庭情况，我们聊得很少。这是个非常勤劳的土瑶女子，她在山里的农活很多，很忙。她把抖音号发给了我，说："你有空就刷我抖音吧！"

这个一直生活在瑶山里的女子，喜欢上了发小视频。我在她的抖音上看到了很多熟悉的场景：至今还遗留着部分刀耕火种，挖地，种树，种地禾（旱稻）、芋头，收玉米，拔木薯，采摘油茶籽……同时也看到了许多不熟悉的东西，和抖音上的很多人一样，她也喜欢搞笑搞怪，也许这是在劳作之余的一种娱乐吧。在很多小视频中，她脸上那些细微的皱纹没有了，那些淡淡的汗斑也不见了，原本有些夸张的高原红也蒸发了似的，整张脸都白白净净的，稍带着淡淡的红晕，显得年轻而充满活力。

尽管知道这不是很真实，但我还是喜欢看到这样的留兰。因为，我希望白虎冲永远年轻，永远像她一样充满着活力！

这个族群能够得以繁衍生息，并保留了自己的传统文化，正是因为有着一个个生机勃勃的留兰在坚守！

这是一个世代坚守祖土的民族的勃勃生机！

黄　石

黄海兮

一

一条机耕路铺满了煤渣，被拉煤车压坏的路基凹凸不平，从来没有人去打理它。夏天一来，长江就到了丰水期，拉煤车在那时候也多了起来，它们彻夜地奔跑，村庄在躁动不安的虫鸣声中若无其事地睡过去。

那片棉花地就把那条机耕路隐藏在季节中。而村庄在更远的深处，看起来更像在这条路的尽头，我爬上装满煤炭的卡车才能把它望到边。我要搭乘它去黄石码头，省下五毛钱（车票半价），几乎所有的伙伴们都用这样的方式爬上卡车去黄石。黄石，黄石，在大人嘴里说得最多的一个地名，它在我童年的记忆里，是来往不停的公共汽车、街道、穿制服的工人、小吃店、火车和铁路，是马家咀（地名）、工人村（地名）、黄思湾（地名），或者石灰窑（地名）、石料山（地名）、王家湾（地名），这些叫法跟我熟悉的村名差不了多少。

我小时候身体多病，母亲经常带着我跑遍那些村庄，寻找那些赤脚医生。去黄石，我去得最多的地方也是这些医院或诊所。我五岁那年得了急性痢疾和肝炎，父亲带我第一次来到黄石六医院，在来苏水味道的医院走廊中，我逐渐学会辨认草本植物和药材的区别，它们的苦味从小就进入了我的胃里。那时候，看病从来不需要排队，狭小而声音空荡的大厅里，有两排木排椅，空空的。母亲把住院需要的衣物和日常用品用蛇皮袋子装好，放在木排椅上，我坐在那里等待着，短暂地，但是内心紧张。陌生的人，我害怕见到你们。病房里还有几张空床，另一个中年人半夜经常起来上厕所，他床头的病卡上写着：前列腺。他每次躺下来，钢丝床像要散架似的，咯嘣咯嘣响个不停。我差不多在医院住了一个星期，连中年护士，我也很少见到。每次喝草药都是我母亲去药房拿的。我印象最深的是医生总是把穿在身上的白大

褂弄得很脏，好像从来没有换洗过。

一个枯瘦的老大夫又开出了一些中草药，母亲仔细询问我的病情，我就出院了。那时候很少用抗生素，一般用中药治疗，效果很慢，等我对康复不抱幻想的时候，病也就彻底好了。为了让我安心吃药和打针，母亲还为我买了许多糖果。还有一些亲戚和父亲的朋友来过医院，他们拿了些水果，都是我喜欢吃的。但母亲又把水果悄悄拿回了家，转送给其他的亲戚。

祖父病倒那年，他没有去黄石任何一家医院，他连河口卫生院也不愿意去。我想起卫生院那些木格窗子，阴冷的风刮进来，有人用钉子把农膜钉在外墙上，没等春天来临，孩子们把它扯下来，换了几小块糯米糖。再补，再扯，后面谁家里有了病人就自己带一块农膜，自己钉上去。祖父彻底不能动的时候，他就睡在婶家的两个偏房中间的过道里。青石板的过道上正好放一张单人竹子床板，放上四块砖头扛起来就可以了。夏夜，风从树林里吹

进来，吹到过道阴凉阴凉的，爷爷就睡过去了。有时，月光也会照进来，照在他的脸上，和月亮一样的白。但我一点也不害怕，因为他的咳嗽我全家人都能听得见。

村里最怕深夜听见狗叫的声音。大家赶快关起大门，让年轻的媳妇从自家的后门跑走。她们有的抱着黑白电视机，有的鞋也没穿好，抱着收录机跑进了后背上的树林里。等村委会和计生办的人进到村里，整个村庄处在一片黑暗中。他们挨家挨户地敲门，然后用手电筒从窗户里照进去。来不及逃跑的女人，被人塞进卡车连夜送到河口镇卫生院。母亲是自己一个人去的卫生院，结扎完第三天就出院回来了。卫生院没有那么多床位，很多人结扎完被安排在河口镇政府的礼堂里休息。浑浊的空气弥漫在整个屋子，呻吟和喧哗的声音嘈杂在一起，让人非常难受。

没过几天，计生办的人和民警在村干部的带队下又来到村子，抓走几个育龄妇女，没有抓到的，就把他家值钱的东西搜走了，实在没有值钱的，就把他家唯一的耕牛牵走卖了。他家的外墙上被刷上大标语："一人结扎，全家光荣""普及一胎，控制二胎，消灭三胎"等。有些人不知道去了哪里，一躲就是好几年，他家的土地荒芜了，门锁也生了锈。谁也没办法，躲不过去的，认了命；生了几个姑娘还想生儿子的，就把自己的女人藏到城里的亲戚家。但后来就把她男人抓走结扎了。

小的时候，村子从来没有什么大事。谁生谁死，好像都是劫数，谁也躲不了。但有一年，村子有人考上了大学，这成了大家意料之外的大事。我印象里好像一次也没见过这个人。我认识的那些人，他们从来没有离开过村庄。他们生老病死都在这里，他成了我唯一不认识的村里人。他家请人在村上的那块空地放了三天电影，每天晚上两个故事片，记得有黑白片《铁道游击队》和彩色片《新兵马强》等。我第一次知道了日本鬼子、越南鬼子、英雄和国家，尽管那是个大得没法说清楚的问题，但我却在大人的帮助下明白了要考大学的理由。那时候，我还是光着屁股的年龄。有一年，我回去，听父亲谈起这个人，他现在四十多岁了，从大学毕业后被分配到黄石某机床厂，现在已下岗在家。家国形势不可同日而语了，那片当年放电影的空地，后盖了房屋，几年前，又被拆迁，长满了灌木……

二

黄石是我少年时代最无知的一个词。我从家乡的凉山头向北望去，长江似乎被我踩在了脚下。一座山，阻断了我无数的梦想和现实。

我乘车去黄石，需要从河口镇坐摇摇晃晃的大客车，经过水泥厂、砖厂、卫生院、养殖场、西塞山、黄石大道，我们要去农贸市场，父亲挑着一箩筐红薯换来褶皱的钱币。我记得那时候，红薯收购价1毛/斤、萝卜1毛/斤、土豆1毛5分/斤、玉米棒5分/个，其他农作物价格不等。父亲买回化肥和薄膜，他偶尔也会给我买点奶糖，如果是夏天，冰棍是五分钱一根，冰凉的甜味，一直留在我的记忆里。那时候鸡蛋大概是一毛钱一个吧，我曾经偷偷用两个鸡蛋换回三根冰棍，被父亲打骂了一顿。去黄石我可以看到许多好吃的东西。

每一次，我们兄妹总是争着跟父亲去黄石，谁要是留在家里，母亲总是给留下的人每人一毛钱，我们都很开心。

去黄石，父亲走在稀薄的人群中，我一眼就能看到红旗百货商场巨大的标牌下，停满了自行车，铁栅栏把它们围起来，有个上了年纪的妇人守在一张斑驳的黄油漆桌子边无精打采。秋天的梧桐树正在落叶，二道贩子在沿路叫卖袜子。黄石大道，跑过的公共汽车冒着柴油味的黑色油烟，像拖拉机一样突、突、突，像要随时向后退回来。那时我走在斑马线的街道上，蓝色的卡车、锈色斑驳的手扶拖拉机、自装的柴油车,它们无视路口信号灯的存在,在颠簸的街道撒下煤灰、泥土和谷物。我来不及担惊受怕,汽车就跑过去了。

火车在呜啦呜啦地叫着,它走得很慢,贴着江边走。在大冶钢厂,交错的铁路线,蒸汽机不分春夏秋冬地喘着白气,咔嚓、咔嚓、咔嚓的声音非常好听。焦煤从远方搬进来,铁又从这里运到另一个地方。乌黑的焦煤、烟囱、铁、围墙,隐约露出半条白底红字的标语:毛主席万岁!从道士袱开始,村庄就开始消失,黄荆山下的菜地和民房参差错落排列在山脚下。大半个钢厂一直从道士袱沿江绵延到黄石码头。村里有人就在钢厂里做冶炼工,他女人还生活在乡下,有时他女人带着孩子去黄石住上几天回来,有时他歇息在家住上几天又走了。后来他把他女人和孩子的户口从乡下转到了黄石,听说花了一些钱,又找了很多关系。我不知道他一家人现在过得如何,他的那间土砖房子早卖给了村子里的另一个人,他很少

从黄石再回到现在的村庄。

我和他儿子还爬过拉煤车去过大冶钢厂,煤不断地从黄石码头卸下来,被轮船运到南通(江苏),我们从码头往回走到四门,那时候马路没有天桥,我们要等火车、卡车、拖拉机、三轮车和牛拉车从十字路口过去的时候,才能大摇大摆地走到路的对面。钢厂的保安根本不把我们当一回事,没什么阻碍我们就进去了。铁,不停地发出敲打的声音,巨大的声音,清晰而又震耳欲聋。我在他父亲的食堂吃完又肥又白的馒头,然后在街道的铁路口等车,去河口的拉煤车经过丁字路口的铁路慢下来,我们就爬上去。那些拉煤车要经过王家坂煤矿、龙山煤矿、河口煤矿、章山煤矿,我从不担心它会把我们带到一个遥远或陌生的地方。但母亲还是不放心,为此经常打骂我。

父亲最先是在龙山煤矿下井,后来河口镇煤矿重新开采的时候,他又来到那里。我经常和伙伴们去那里,它在黄荆山南麓,从这里也

可以翻过山坳去山北边的黄石市区。有一次，我和伙伴们一起把矿区拣来的废铁和铜背到道士袱废品收购站，卖掉又买上连环画，但我最羡慕的是谁家的小朋友又换了新衣服。母亲有一次带我去黄石卖自家养的土鸡，我帮她在居民楼的巷陌中叫卖，卖土鸡——卖土鸡喽——，但少有人问津。一天下来卖掉了三只，卖了二十几块钱。那时候小贩们自由地进入城市的角落。很多人把家里种好的萝卜一毛钱一斤卖给了钢厂的食堂。乡下人到城里卖东西，要多卖和好卖一定要有熟人和关系。那时我家有个远房亲戚在龙山水泥厂食堂做事务长，我家卖给他的粮食每百斤要比别人卖给他的贵上几块钱，父亲每次见他，总是热情地哈腰和点头，他有时并不搭理。

当个体中巴车开始运营的时候，河口镇开始有了深刻的变化。村子有人开始去黄石打临时的短工，第一批出去的人都是一些初中没毕业的小姑娘，她们去了一个名曰美岛的制衣厂，在团城山开发区，四周还是庄稼地。她们没日没夜地干着，每月工资大概有一百二十元钱，住在农民的出租屋里，月租十元，用酒精炉子做饭，或者用煤油炉子炒菜，昏暗的电灯下，她们津津有味地享受城市的多余的光阴。村庄越来越多的年轻人开始动身去了黄石，更多的人去了南方，留在村子的人越来越少。有一年，我的一个表姐也去了城里，在一家私人建筑队打杂，主要是买菜做饭，每月工资三百元。她死于非命，被拉土车撞死了，连尸体也没搬回来。

许多人都来到黄石，在不断逃离自己的村庄的时候，他们要把故乡这个词彻底抹掉。他们也不想寻找记忆，不想背负沉重的记忆，他们要忘得干干净净。

那条经历多次修补的沥青铺好的公路连中巴车也不走了。几处煤矿都发生过开采死亡事故，最终被关闭。四川人和福建人都离开了，他们带走了村庄很多漂亮的女孩，一去不复返。父亲彻底成了一个没事可干的人。

三

大水在我离开黄石的那年夏天浸泡了那片棉花地，绿油油的棉叶连同那片荷叶一起被雨水淹没了，大水还淹没了房屋和养殖场，半个电线杆还立在水中，燕子和麻雀站在电线上。鱼虾无人问津。那些救灾的糙米发到我家的时候，已经被裹上一层层薄薄的绿膜，它发出一种霉味，父亲把它放在水里用力搓，颜色还是洗不掉。实在没办法了，只好用它来喂牲畜。那时候，我们把自家养的鸡蛋拿到黄石去卖，根本卖不上价钱，像水里白花花的鱼一样，网一捞，大片大片的，但却无人问津。

传言像瘟疫一样笼罩着整个村庄。

村庄的墓碑上刻上了我祖父的名字，大水退去时的刻度永远停在了那里。那年秋天还没结束，又一批年轻人去了黄石，我不知道它是否容纳得下他们。我在黄石结束了两年大专的生活之后，又被套上另一个枷锁——我要工作，我能找到吗？我挤在7路公共汽车上，我听信于任何一个可能的谎言，却又在焦虑中等待最后的结果。那些荒芜的日子，我除了读报，就是去人才市场。黄石，我从不放过张贴在路灯下的野广告，我不停地给招聘单位寄发我的个人资料，然后去面试和应考，然后陷入杳无消息的巨大无奈中。

黄石，那个铁与水泥，煤与石灰岩，铁路与烟囱，故乡与异乡，灵与肉的城市，我走在它窄小的街道上，灰尘落在我的脸上。我从石料山乘3路公交去黄石港找一个陌生朋友。我希望我能得到他的帮助，能够找到安身的地方。黄石日报大楼，玻璃反射出白色的太阳光照在我的眼睛上令我无法抬头。我进门被问话、登记、预约，然后我顺利地踏上四楼。我说明来历，我羞于表达的眼神已经告诉了他我自己的意图。他说，很难办。我说，我已经考试过了，但没人通知我。他说，那你就等等吧。我说，你帮我打听一下，熟人可能好说话。他说，好吧。我坐在那里沉默，他在忙自己的事。

这件事最终没有结果。我把朋友借我的BP机的号码留给了他，但它从未响过。我一度怀疑他BP机的质量问题。我实在没法继续待在这个城市了，我离开黄石的那年秋天，一条铁路开始被测量，它要经过下黄湾。那里可能需要一个测量员，我想如果可能，体力上的工程活我也可以干下去。这只不过是我的幻想。铁路确实经过我的村庄，确实有人开始了它的测量，但这一切与我有关系吗？一年，两年，五年过后，它在人们快要淡忘的时候终于动工。

从道士袱经过河口镇、下黄湾，一直向西延伸。挖土机不停地掘土，卡车开始奔跑起来，扬尘爬满了庄稼和房子。祖母坐在白净的太阳下，她似乎对此漠不关心，她的静默让我感到吃惊。她说，山丘那片祖坟搬到哪里呢。父亲说，迁到了对山脚下的那片枫树林里。祖母说，好啊，将来没地方埋人了，也把我埋在那地方。父亲没有再吱声。冬天干枯的树木被人砍光了，铁路正往那个方向赶。大家都忙着丈量自己的田地，他们正盘算着铁路要占用自己多少土地，他们到底能索赔多少钱。

许多人为此分配忧心忡忡的时候，村子有个女人哭闹着要上吊。她觉得这条铁路毁掉了她种下的那片果园，不能按照青苗费赔偿。

我不知道最后的结果。但我知道，即使他们把土地放在那里，也没多少人耕种。像黄石郊区的那些村子一样，他们在等待机会的来临。铁路铺好的时候，村庄发生过牲畜被撞死亡的事情，反映上去大都没有结果。但是已经有铁栅栏把铁路隔开了。从一个村子到另一个村子，或者从村子到另一片田地，要过一个个涵洞。

火车跑呀，从远处拉着一节一节的煤运到黄石电厂，昼夜不息。

火车跑呀，孩子趴在地上看它咔嚓、咔嚓地响。

在火车跑过的那片田野上，一条宽阔的水泥路正在动工，在铁轨的旁边，向西，看不到尽头。我家的那一亩水田要派上了用场，它被占去半边面积，分了几千块钱。剩下半边，父亲想把它栽上树木，他说，将来你回来，就在路边盖个房子吧。

当人们把房子不断建在公路边的时候，汽车轱辘的声音越来越多起来，但他们并不觉得这有多么的喧闹。我们不顾一切地逃离自己的村庄，我们又把村庄换了一个地方。

黄石，真的越来越近。听这火车的声音，我仿佛和它在一起奔跑。

野性的大理

桑 子

我们的屋外是八万公顷灰蓝的大湖、原始森林和灰白的雪山，万物都沉浸在柔和、蔚蓝色的大气中。每一个黄昏，落日燃尽，天空留下大片灰烬般带着温度的暖。没有一丝完整的线条，没有一片均匀的色彩，没有一个相同的瞬间，一切皆离奇变幻，光怪陆离的阴影和无穷无尽的混乱正在交织消融。

有时候 12 月狂烈的风会吹来大片大片火红的云团，东风或者那柔和、持续不断的西风带着醇香的木质味道，传来安静而轻微的抚弄或颤抖，会让我们感受到，顽强而变化不定的自然要素的力量与精神上奇妙的、想象的欲望相结合，现在是，将来也永远是永无止息的生命的摇篮。

这一年，我们有许多时间待在洱海边，看太阳升起又落下，看月缺了又圆，看春去了秋来，有时月亮像一颗巨大的宝石镶嵌在深蓝的夜空中，但是它放射不出生活在湖边的人内心柔和而清丽的光芒，蔚蓝的大湖把天地间的一切打磨得细致、绵长而剔透，而阳光又把每一天分解成几百次静悄悄的念想和梦中的官能享受——风吹过的痕迹、几树花朵和果实、三两句话和许多个瞬息即逝的微笑——再把一年分解成这样的几百个日子，成了，我们在世间的百感千愁就这样潺潺流动了起来，日夜滋养着我们寂静而自足的日子。

湖对岸有许多朋友，偶尔也有朋友来访，我们上山下山，从湖边步行到山顶得走上一个小时，沿着湖有一道斜坡，向下的堤脊斜插入洱海的水面，向上的堤脊则斜插入深蓝的天空，石壁也是悬崖，过路的人就像站在一道栏杆前，把胳膊肘支在石壁上，俯瞰洱海。湖对岸是苍山十九峰，有时下雪，但雪只落在山顶，一下雪，时间就变得缓慢，纷纷扬扬像是一种巨大的安慰和给予，但事实上，它总是从这里取走了什么，以至于大多数人看到下雪，总是觉天地更虚无，心更空旷，它总像死亡一样征服所有人，

让我们感受到永恒的力量。

大理古城有个诗人叫北海，他曾自 1994 年开始，千里走单骑，周游全国，每到一个县市，都要对当地文化、文物古迹、民情风俗做一番了解和考察。漫游之后，归田园居，白日躬耕、写作，夜间在街头鬻书，灯火下，他独坐于街边向外伸出脑袋，那笑容神秘而纯良，如我们抬头邂逅一轮明月，顿时心旷神怡。

明崇祯十一年（1638 年）徐霞客于腊月二十二首次登上鸡足山，背着同行的迎福寺僧人静闻法师的骨灰和法师"禅诵垂二十年"，刺血写成的《法华经》，辗转五千余里，历时两年，来到鸡足山，并写就了两万字的《滇游日记》。

我总是这样跟自己说，尽情感受自由的召唤，体味人世的艰辛喜乐吧，为此可以获得一种神明的力量，不再畏惧，也不必担心，我们在苍洱身上创造了情感，然后一种无限把我们和灵魂结合在一起，而永恒又把这情感保存了起来，似一颗珍

珠，璀璨无比，山水之间有隐者幽人，好风水只滋养有情有义之人。

天蓝得出奇，湖蓝得出奇，风也大得出奇，我们在阳光下看花朵盛开，看红嘴鸥飞翔，看苍山上的积雪，从山顶俯瞰洱海，感觉学会了飞翔，自由已经成功地改造了自己，把我们从纷繁芜杂中拯救了出来，每个黄昏，苍山马龙峰积雪的反光开始点亮哥特式建筑浮华的图案，夕阳披着玫瑰式的长袍，布道着带有宗教色彩的爱情、生存和死亡……

有时，我们登临苍山十九峰，两个置身于世界之外的成年人，两个置身于世界中央的孩子。1月的寒风，3月的大雪，5月的杜鹃，七八月长时间的雨，11月奇特的云，在每一天的饱足与休憩间，我们步行在梅花鹿也会迷路的山林，高海拔把我们从尘世中抽离，并且借助阳光、积雪和独一无二的此时此刻，把世界和未来重新交到了我们手上。有时，天边突然飘来一朵积雨云，会带来一场暴雨，但它很快消失，

然后一个亮晶晶的世界就呈现在了我们面前。在无边的灌木林中，一些寺庙像刚从古墓中被盗出，围廊斑驳不堪，廊顶上雕刻有罗摩衍那和摩诃婆罗多神化宗教的图案，艺术与战争一样，是历史不可或缺的情人，只是油漆的金色已经剥落殆尽，图案上的勇士们，到了夜里大概会跑到这古老的林子里去偷些蜜和绛红色的果子来。而我们吮吸着林间带着青草味的空气，慢慢下山回到了暖人的温煦中，感觉自己与林子里一切果实一样，正在成熟圆满起来，正经历着一些改变，甚至是从未有过且深刻的改变。一朵开在花圃外的花蕾总是更可爱，更妖娆，它是自由世界的一种象征，也是爱情至高无上的煊赫皇冠。

而洱海也这样紧紧依偎着苍山，河滩边有鹅卵石和大块灰白的石块，在阳光下又干又亮。湖水清澈，浪流湍急，深处一片蔚蓝，从高处山上滚落的石头在湖边挤在一起，像荒地上几丛野蘑菇。阳光泼洒着，到处闪闪发光，正午日头发白，每

个人像喝了一大杯的野莓子酒，面颊通红。从湖边仰望苍山，会感受到一种庄严肃穆的美和一种无穷无尽的力量，它包罗万象，无始无终，每时每刻都在把破坏的一切重新修复过来。

小城有许多隐姓埋名的幽人，热闹街市摆摊贩卖诗书者，山中寺庙的高僧，深山独居的音乐人，湖边流浪的画家，他们有性情，有笔墨，有真情，有大善，像大理正午的太阳一样纯阳，又有山风一样的狂傲，仿佛简单的生存才能除去尘世的荆榛，仿佛磨亮心镜才能返照尘世的盛衰兴亡。

美国垮掉派诗人金斯堡有名句——我们不是我们污秽的外表，我们的心中一直盛开着一朵圣洁的向日葵。而我们就是这群人中的大俗人，看着他们出世归隐，泪眼纷飞，仍留十二分的气力拽上爱恨情仇，悲欢离合，做人做事做文章。

我们的住所孤寂而清幽，远离城市的喧嚣，那里空气清新，每天太阳从鸡冠山顶升起，照耀着各种自由生长的野花。这一年就是每一年，我们生活在季节更替，春耕秋收和鸟类迁徙的时间里，我们与星辰和神明之间一无阻隔。

而每一个正午，站在山顶露台，逆着太阳朝远处望去，苍山马龙峰的雪顶就悬浮在纯净的天空之中，它极具形体，我们能以超越语言的沟通方式感知到，我们正在享用某种强大而永恒的东西。这一刻或是这一生都是事先安排好的，很久以前就隐不可见地悬在头上，就像钟声悬在铜钟里，然后出人意料地响起。

季节交替过去，红嘴鸥从西伯利亚飞来又飞走，尽管樱花开了又结了果，尽管溪流从枯水期又进入了波涛汹涌的汛期，尽管红土地在赤日炎炎下四分五裂又被夏日长时间的暴雨灌溉形成了沼泽，尽管白族女子将自己裹得严严实实又露出了手腕、前臂和脖颈，穿上了袒胸露背的薄衫，尽管油菜秆被大捆大捆砍下送进磨坊磨成了浓稠的食用油，这一切都无法让我们从强烈的热爱中走出来。

我们也饮酒、读书，享受视觉、听觉、嗅觉交互，以至于无边无际，像靠岸的小船，毫不费劲，没有颠簸，像嘴唇触到了嘴唇，这暂时的休憩与安宁，可以感知心在胸腔里剧烈地跳动着，像是敲响的钟壁那样颤动不已。这里适合谈论深刻的爱情，奇妙的梦境，谜一样的天象，或者不停地争论，或者只是喝酒，纯粹的烈酒，三两个人，某些情绪需要一个摩擦面，这样心底热情的火焰才能放纵地点燃，否则就像火柴盒中躺着的柴梗，毫无用处。

好几次我们乘坐飞机，穿越透明的夜空，看到黑丝绒的苍山环抱中央有一道光辉的水流的黑影，这乃地球上最为自由与激情的所在，每一次这样悄悄地潜入与它约会，犹如一个罪犯之于他的同谋。

只有少数隐者幽人能够真正留在这天地间，他们敏锐而纯粹，充满灵性，他们像阳光、像一株植物，甚至一块石头，他们清寂而孤独。每当太阳西沉时，苍山就被一层红晕紧紧包裹起来，粗细不同的沙砾开始停止了流动，即使活到玛士撒拉的年纪，这片土地也是如此神秘。鹰隼正低低地在雪顶和矮灌木丛上飞过，百万年前也是这样，飞向黑夜或者黎明。这些少数人从不把自己当成智者，他们认为生命本身超出智慧，也高于愚昧。但这自身与他物之间有一条秘径，在与大地融为一体之前，必须穿越它。

每一天，这热烈的太阳，这从苍山洱海间升起的太阳，重新唤醒我们精神的勃发，并通过心电感应的纽带把万物与我们紧紧拴在一起，再一次在许多人灵魂中点燃了厄洛斯由于生之疲惫业已倾覆的火炬，让我们重新感受到温暖和自由的力量，可以去审视从未见过的事件，可以勇敢无畏，可以重新感受生之喜悦、梦之真实，可以感受死亡的永恒和爱的无限，在这永存不灭、野性而神秘的灵魂栖息地。

雅江渔村

文 心

山间渔村

拉萨河昼夜不停涌向西南，流至曲水县便与浩荡汹涌的雅鲁藏布江汇为一处，一同奔向远方。此处亦是远方，是世人眼中的风景。

沿河水一路蜿蜒而行的是西藏最早的一条高速路——机场高速。出城，上高速，行至路尽，不入嘎拉山隧道，却拐进一条盘山沿河的曲折小道，此路通往西藏唯一的一个渔村——俊巴渔村。

渔村可谓名声赫赫，距拉萨城也不算远，不知为何我却始终无缘前往。直至今日借采访之机才一睹真颜。

此时未到雨季，河水湛蓝清碧、波光粼粼，湍急时白浪翻扬，平缓处如绸如缎，近处草茵水绿，如诗如画。沿弯曲盘绕的河岸行不多时便是三面环山的俊巴渔村了。

古时，俊巴人出村还需划着牛皮船渡河，河虽不宽，但水深浪急，可算一道天堑。自河中架起桥梁，特别是拉贡大桥的建成，与世隔绝的生活才算自此结束。

"俊巴"为藏语音译，意为"捕手"或"捕鱼者"，俊巴村是渔业生产和皮具加工并存的村庄。村落整齐洁净，一条宽敞大道迎向四处来宾，房屋涂饰得色彩鲜丽，窗台院落的盆栽鲜花怒盛，在湛蓝天空下显得生机盎然。

俗语道：靠山吃山，依水吃水。村人也在长期的生活中发展出独有的文化。

牛皮船是俊巴村历史上最初的皮具制品，制牛皮船需整齐的大张皮料，后来技师们认为剩余的皮子不能这么浪费，启发奇思妙想便加工成了各种皮具。至此就有了俊巴村的捕鱼捞鱼、烹制鱼宴的同时又增添了加工皮具的传承。

厂房内，村人正缝制皮具，展厅里，小牛皮船、茶叶袋、糌粑袋、钱包等皮制品琳琅满目，尤其村民用鱼皮制作的"达玛如"鼓更是独一无二。墙上还满挂着诸多款式新颖的皮包，手拎、肩挎、斜挎等样式甚多。风格大多粗犷怀旧，包面镶配或刺绣各种藏式图形及花样，有浓郁的藏地特色，以手触摸，皮质清爽柔软，皮具为头层牛羊皮所制，皮面会随着时间越现光泽。

姑娘们均爱衣爱包，见这诸多美款都有些疯狂了，全一窝蜂挤在高挂的各式包前挑拣起来。男士则于一旁笑吟吟地等着，也不催促，极有风度。

见包具的式样着实时尚大方，不似民间风格，便疑惑问：这些款式都是你们设计的吗？负责人介绍说：大多是由国外设计师画好图案，定好样式后在我们村里加工。负责人还将我带至墙边一角，指着镜框中一位金发碧眼的美丽女士说：她就是你拿的这个包的设计师。

原来是出自国外的设计，也难怪如此时新！皮包着实美丽，便付钱将包收了起来。

还可进行现场加工改样，感觉手里的包挎带太长，便交由隔壁的加工房进行修改。专事缝制的技师以利片划开缝合处，剪短，用手摇式器械重新打孔后手工缝制。穿线、接针、纳线，动作迅疾，手势翻转如同飞天，甚是好看。虽工序不多，但手工的确精细烦琐，只简单拼接便耗费了二十分钟时间。

古朴原始的制作工艺加国际时新的款样设计，令此地的包更受青睐。现在，俊巴的皮具除少量于区内销售，大多销往美国、加拿大、比利时、日本等国际市场。随着销量日增，现在全村大约70%的家庭都以作坊模式参与加工制作。

舞动牛皮船

在展厅内留恋不舍，村头的牛皮船舞也已在筹备当中，只好离开此处前往村头草坝。

一路上均有村民背负硕大牛皮船行于村路，此时时值正午，阳光炙烈，水泥路被炽阳烤得滚烫，村民负重远途却似不觉疲劳，想是因长期劳作练就了一身好气力。

渔村的牛皮船与渔业同样闻名，牛皮船是吐蕃时期以来西藏地区的主要水上交通工具，两千多年前，藏民族就用牛皮船摆渡和进行物资运输。据说，松赞干布于拉萨河上喜迎文成公主便以数十条牛皮船搭载。过去，村人每年尚需向宫廷贵族贡两条牛皮船以充差役，和平解放后这一陈规便被废除了。

在桑耶寺壁画中看到，吐蕃时期的牛皮船为圆形圆底，估计比近代牛皮船小一半，近代牛皮船改成了梯形，由四张大牛皮缝制而成，船内可容纳约七至八人。

牛皮船的造型结构比较简单，以坚硬有弹性的树木做骨架，将牦牛皮浸泡入水，松软后去毛去肉，用四张整齐皮张对缝起来，趁软时包于木架，以牛皮绳捆紧绷好、晒干、擦油定型，接口处以牛、羊油堵住缝口密封以避水，最后做一对划桨就可以下水使用了。牛皮船下水浸泡后比较湿软，不怕河中礁石撞击，且自身重量小，不管河道深浅均可划行。

牛皮船的出现历史可以追溯到吐蕃时期，但牛皮船舞却只能追溯到五世达赖喇嘛阿旺罗桑嘉措时期。

据介绍，五世达赖喇嘛时期，俊巴村的一位单身汉带领该村的一批年轻人在重要的宗教节日和重要人物来访时开始表演牛皮船舞，并自此形成习俗。牛皮船舞藏语叫"郭孜"，"郭"意为牛皮船，"孜"意为舞蹈。

神牛光顾俊巴村，
东山上面吃青草，
西山脚下喝清泉，
在草场上面打滚嬉戏，
在牛圈里面练习角斗。

抑扬顿挫的开场白结束后，悠远洪亮的渔歌又自大音箱中响起，舞者已经换好服装身扛重硕牛皮船立于草场内，头戴"次仁金果"帽，上身黑氆氇衣，里衬白色藏装，双脚则蹬轩色藏靴，个个身形健硕。非如此也难以扛起七八十斤的牛皮船。

担任"阿热"的领舞者扎桑老人已年近八十岁，身手依然矫捷，说唱铿锵有力。扎桑老人不仅能跳而且善歌，音箱中嘹亮悠长的船歌便是老人唱颂的。据介绍，扎桑老人还是牛皮船舞国家级代表性传承人。

老人十多岁开始学习捕鱼，在过去曾是寺庙的"差巴"，地位与汉地旧时的地主长工类似。为交差役税，扎桑老人曾划着捕鱼用的牛皮船去过山南的泽当送货，和平解放后，还乘牛皮船顺河划往拉萨朝佛祈福。一生可谓起伏跌宕，饱经风霜。而今生活富裕了，老人却不愿在家安养天年，到老了仍以歌舞的形式与牛皮船相依相伴。

此时，"阿热"已经手执经幡指挥棒站在队前。

在动感强劲的歌声中，船夫们举双手将船扶住，一支船桨从船夫的腰背穿过，在"阿热"的指挥下击打背后的牛皮船发出响声为节奏，节奏清晰且富有动感。由于道具沉重，舞者动作幅度不大，基本动作由松胯、弓腰、曲背等简单动作组成，舞蹈铿锵有力、粗犷朴实。

此舞借鉴了高原牦牛的特性，强

调了人与自然顽强抗争的精神，并展现劳动形成的身体美感与人船统一的协调动感。"阿热"的基本舞步则取自当地"果谐"，以脚顿地作为节拍，动作灵活多变、洒脱自如。

在嘹亮的歌声与船夫们击打船体的应和中，节奏越来越快，而舞者的动作也越加快捷，太阳当空高挂，舞者早已汗流浃背面红耳赤。每次表演"郭孜"舞蹈时，"阿热"只能唱两三首歌，船夫们负重太多，唱得多了可是难以坚持的。

在越加急促的乐声中，歌声戛然而止，舞者们也直起身来将船立定，给观舞者留下意犹未尽的遐思。

河村鱼宴

在拉萨，偶尔也会吃到俊巴渔民亲送至朋友家中的河鲜。朋友极重养生保健，烹制时并无太多调味料，在屋中院落各架两只石锅，院中特意燃起的煤炉为熬制鸡汤底料用，汤在锅中始终滚煮着，熬成后注入另一石锅，加香葱、鲜姜与切成段状的鱼一同烹煮，直到纷香盈鼻，白生生的浓汤在锅中翻滚波浪即成。

鱼总两吃，一煮一炒，余下的鱼段加油、葱、醋、新菇轻炒慢炖。不多时，泛着酸香的炒鱼便上桌了，鸡香鱼鲜的汤先品一碗，亦可泡饭，天然食材精搭细配后果然不同凡响，再抿口红酒，愈显得汤肉浓郁香醇，余味深远。

现在市场上也有俊巴鱼售卖了，白鱼、胡子鱼都较为常见。

过去由于宗教习俗，鱼鲜在拉萨是不能上市的。即便深街小巷偶有售卖，也不敢放喉大肆吆喝，只婉转叫卖：水萝卜哟！居民们均心知肚明，贩卖的并非土中萝卜，而是生于水中的"萝卜"。天光初亮，"吱呦"的钝门启出一条缝，闪身出门，递钱收鱼，一切默契自如。

俊巴村民并非故犯习规，打鱼、食鱼均有由来的。据介绍，当地人食鱼是得到天神授意的，并不触犯神灵。

传说中，很久以前因拉萨河中

鱼类猛增，还长出翅膀飞翔于天，密密丛丛、遮天蔽日，使阳光不能照耀大地，威胁了万物生存。天神在天庭处理事务时，这些长着翅膀的鱼居然敢飞到天上闹，还将天神的墨水打翻，使墨汁流入人间。天神见此，极为愤怒，命守护在俊巴村境内一位据传为天人所化的叫"巴莱增巴"的猎人带领俊巴人去消灭这些长出翅膀的鱼，巴莱增巴与俊巴人在与飞鱼激战九天九夜后终于凯旋，而后吃鱼、喝酒以示庆贺。自此俊巴人就有了吃鱼的习俗。

此地吃鱼的由来另有多种版本，在此就不一一赘述了。整合各种传闻后推测，因俊巴村靠山临水，交通闭塞，耕地寡贫，在旧西藏苛税重赋又加于众生，为了生存，只好靠打鱼维持生计，从而形成藏地唯一且古老的渔文化。

牛皮船舞结束后，捻羊毛的姆啦、围观的村民们三三两两散开，我们也缓步朝村里的渔家宴走去。一道墙将院落与草坝分隔，穿过墙门，院中草坪花圃茂盛，绿柳垂荫，隔绝了头顶的骄阳，数张桌椅置于树下，一行人便寻了一处坐下休息。此时轻风微拂，此前的燥热也尽数散尽。

此地临近拉萨河，河面宽广辽阔，鱼品繁多，主要有白鱼、花鱼、尖嘴鱼、胡子鱼、剥皮鱼、棒棒鱼、藏鲶鱼等，其中有些鱼品连许多拉萨本地人都未见过。其中最出名是藏鲶鱼，这种鱼除了一根主脊外几乎无刺，是拉萨河的特产。拉萨河一年四季都可以捕鱼，最好的季节当为三四月。渔产众多，村民根据鱼的品种和特点加以烹饪，清炖、红烧、油炸，花样繁多，还可制生鱼酱、鱼肉包、干鱼片等。因鱼品鲜嫩天然，故此清蒸、清炖最为游人所喜，拉萨人较爱川地口味，豆瓣鱼、豆腐鱼等亦受欢迎。

不多时，丰盛的鱼宴便开场了，鱼品一道道端了出来，满眼的珍馐，满鼻的奇香，令人食欲顿开。清炖鱼与水煮鱼不必细说，豆瓣鱼也不用多讲，只是因配料的不同有了浓淡香清的变化，鲜嫩细美的肉质却无二致。

席间几道吃食却是我于拉萨多年也未曾见过的，一是鱼肉酱，二是鱼肉包，三为炒鱼泥。肉酱为生鱼所制，鱼泥呈淡红色，与红椒粉混杂交融成一片殷红色，又有小葱的点点茵绿点缀其间，颜色煞是好看，以小勺舀少许细品，红椒的微辣伴随着鱼泥的馨香顿时散布味蕾，再轻嚼绿葱佐伴，真是满口的鲜香爽利。

谁说只有精烹细调才是美味，许多食材本身便是天下美味，如我们寻常可见的蟹类，上锅清蒸，其咸嫩清鲜的肉质便足以令人垂涎三尺；又如游于大洋的鲑鳟鱼，即我们俗称的三文鱼，不加任何烹制，一点蘸料便激发满口香甜浓郁。

说起鱼肉酱，大厨还在一旁加以解释：葱用的是西藏的野葱，香味要更浓些！辣椒粉也不是购自市场，而是晒干后以石臼研捣而成。

盘中的鱼肉包倒和拉萨牛肉包做法相似，将鱼肉切片去骨去刺，以手工将鱼肉细剁成泥，加少数调味品腌制数分钟后再加葱，馅料便成，以精粉与青稞面混合成皮，包好蒸熟即可食用。配料是不能太多的，否则会掩盖了鱼肉本身的鲜香。鱼包可蘸鱼酱同食，酱的鲜辣可弥补包子味道的单一。

很喜眼前这道野葱鱼泥，生鱼去刺后似不剔骨，将骨与肉混合切剁成糜，上锅后加葱爆炒，装盘再撒几根香菜，简单调配便有入口的浓香，于满口郁香中还夹带着"咯吱"脆响，这是已成碎粒的鱼骨所致，吃中又带几分生趣。

慢慢品尝满桌的鱼宴，荤素巧配，浓淡相宜，所有鱼肴均鲜美异常。

鱼宴为俊巴人日常食谱集汇而成。此地水域辽阔，渔产也极为丰富，虽不擅农耕，上天却赋予了村人更好的美食。勤劳耐苦的俊巴人以鱼为粮，以水为地，以歌为情，以舞为欢，在这一方山水中悠然生息。

如今，生活越加变化多端，适应新的潮流，俊巴人也学会依托自然资源应对瞬息万变的外部世界，以自己的勤劳智慧创下更为丰美富足的生活。

走出渔村，村落将再次回归静阒。小小村落隐于山水之间，山外的世界任他喧嚣漫天，我自于水一方遗然独立。

完全的宁静也不可能，渔季一到，村中自然欢腾起来，垂钓的、观光的、品鲜的蜂拥而至，笑语欢声划破寂然长空，回荡于村庄屋角，散布于湖溪江河。这也无妨，热情村民愿意让此处暂布欢声。喧嚷总是暂时的，送走旧客迎来新朋，当月朗风清，一切尘埃落定，留下的依然是河谷处亘古不变的空静及村落里燃亮的盏盏温柔灯火。

车行于归途，回首身后江河湖泊，有零星船只正于水面结网捕鱼，日头下，湖水波光万道，遥立于船头的黑色剪影正于碧波中荡舟远方，那该是一处水草丰茂，河鲜丛生之所……

这座山
有一群美名

李 专

五百年的期约已满六百年，回家的坦途刚好铺就，回来吧，浪迹天涯的瑶胞。千年不朽的石头，标记着瑶家的所在。

做人，要做一个好人。做山，也应该做一座好山。这座山显然是一座好山，它有一群美名。如果不是一座好山，人们根本不会慷慨给予它这么多美名。

一

它有一个美名叫药姑山。

两个传说，一个指向，皆美丽。

第一个传说，浪漫也虚幻。相传，昆仑山上的一位采药仙姑采药至此，看到这里风景优美，气候冬暖夏凉，于是，留在这里遍植百草，故名药姑山。只可惜，她在来的路上将甘草和黄连遗落在四川，至今，药姑山还有民谣："药姑山上百草全，只缺甘草与黄连。"

第二个传说，温馨且接地气。很久以前，从外地来此山结庵居住的李氏三姐妹，喝泉水，食野草，箬叶遮身，山名箬姑山。有一年，当地流行疟疾。李氏三姐妹在山上采集百药，反复配伍，亲口尝试药性药效，找到一种"有病治病、无病防灾"的药方，挨家挨户送到百姓家中，分文不取。百姓对李氏三姐妹感激不尽，把她们视为下凡神仙，在家中供牌烧香，顶礼膜拜。三姐妹的善行感动了上天，王母娘娘把她们升天成仙，封为司药女神，专司人间百草，山便称作药姑山。如今山上还有李氏三姐妹升天成仙的遗址三仙坛。

明代杰出的医药学家李时珍多次到药姑山采集药物标本，时间达半年之久，在白云寺、许家坦、千佛寺等多处逗留。在《本草纲目》里，常常可以看到药姑山的奉献。相传，李时珍来到白云寺药王殿，看到一白发老僧在一棵银杏树下摘白果，便信口道出一联："密陀僧佛手摘白果。"老僧随对一联："金樱子归（闺）身披红花。"他顿悟老僧非等闲之辈，拱手道："大仙高才，晚辈失礼。"老僧致答："老朽不才，施主非凡。"老僧请他到禅房歇息，喝茶聊天。李时珍三句不离本行："橘皮橘核橘络同果功有异。"老僧知医懂药："苏叶苏梗苏子共根效不同。"一个称颂高僧："大仙慈海念佛普度众生，功德无量。"一个赞誉药圣："先生深山采药治病救人，万古流芳。"

近水知鱼性，临山识药理。当地不仅老僧知医懂药，也出了很多著名的中医郎中。南宋时，当地一位叫吴四元的名医，因治愈宋皇后乳疾而被赐封为"太公"。"太公"的秘方流布乡里，身后数百年间邑人仍受其恩惠。乡人在药姑山南麓立一座庙宇，名曰"显圣堂"，至今还在祭祀这位先贤。

这里也曾是湘鄂红军医院的所在地。1932 年，红军十六师师长徐彦刚在药姑山区浴血奋战，在大港冲、栗树坡建立红军医院。红军医务人员利用得天独厚的药材资源，医治了很多红军指战员和地方干部群众。

进入 20 世纪 80 年代，有眼光的企业家看准山上的金刚藤药材，办起了"福人金身制药厂"，如今已经发展成为闻名全国的大型现代化中药制药企业。中药材也成为通城县倾力打造的支柱产业。

二

它还有一个美名叫龙窖山。

同样也是这座山，曾经被叫作龙窖山。坐落在长江中下游南岸的药姑山，属幕阜山系支脉，地跨湖北省咸宁市的通城县、崇阳县，赤壁市和湖南省的临湘市，约两百平方公里。临湘市原来有个龙源乡，现在并入羊楼司镇，龙源过去就叫龙窖源，附近的药姑山就叫龙窖山。

通城这边的龙窖山，大概是明朝以后改名药姑山。因为这座山是个天然"药库"，草本、木本、藤本植物以及真菌达一千七百多种。李氏三姐妹采药救人虽有一些神化的成分，但是，的确也有其人其事，而瑶人又已迁走，所以瑶人叫的龙窖山被汉人叫成了药姑山。

尘封了几百年的"龙窖山"古地名忽然被激活了。不是湖南人激活，也不是湖北人激活，是广西人。2001 年 9 月 24～27 日，中国（广西）瑶学学会近百名专家学者齐聚龙源龙窖山，召开为期四天的"瑶文化专题研讨会"。会议认为，通过数年的实地考察和研究分析，可以确定龙窖山是瑶族历史早期的千家峒，是全球三百六十万瑶胞的精神家园，有极为罕见的瑶文化遗存，并于 11 日后发布《龙窖山千家峒认定意见书》。

时隔四年之后，通城人才知道有这么个"认定书"，很震惊，也很振奋。于是，寻找瑶民生活遗迹，结果发现了很多很多。只要找对了位置，漫山遍野都是。

在大坪乡内冲村的大山上，石寨、石屋、石井、石柱、石桥、石梯田、石坝、石渠、石洞、石墓、石神台……太行山上多石屋，那里树木稀少，只得以石砌墙并以石当瓦。千百年的生存空间和文化积淀，形成了瑶族"好入山壑，不乐平旷"的民族个性。他们依山生存，与石为伴，形成石头崇拜。盖房子不用漫山遍野的竹木，却以石砌墙并以石当瓦。

横岭水库在两山夹峙的山谷间建成，水库底下过去就是一条溪流，两面山坡上是漫无际涯的石梯田。

千年不朽的石文明标明了瑶人的原乡所在。回家的路也只有石头才能标明，进入千家峒必须经过一条石洞。是有这么一条，原来一次仅能通过一人一牛，1974年修建横岭水库时，将此洞拓展成可通行汽车的横岭隧道。横岭隧道与别的隧道不同的是，洞壁没有粉饰，都是本色石质，还是像一条石洞。我们现在就是通过这条石隧道进入横岭水库，去到那一个酷似千家峒的地方。

三

它还有一个美名叫千家峒。

在瑶族的语言中，"峒"是群山环抱之中比较宽阔的平原。千家峒是指生活着上千户人家的山间小平原。现在还有的是湖南永州江永千家峒。千家峒是瑶民集聚地、文明发达区、核心区、首善区、理想国。峒的四周高山环绕，古木参天，山花烂漫。中间是平地，一条小河穿行其间，春天两岸桃花盛开，夏秋果实累累，一年四季鸟语花香，炊烟袅袅。进出千家峒只有一个大洞口，一条小路从洞口沿着小河往山里延伸……极像陶渊明笔下的桃花源。

瑶族是个古老的民族，其初民诞生于黄河流域。瑶族最直接的先民，是魏晋南北朝时期生活在荆楚大地的溪族。陶渊明的曾祖父陶侃，官至晋国的大司马，被封为长沙郡公，他的属下都称他"溪狗"，因为在溪族内这是个爱称。陶渊明的祖父陶茂曾为武昌（今湖北省鄂州市）太守，父亲陶逸也做过安城（今江西省安福县东南）太守。陶渊明自己则出生在今江西省九江市，也做过江州祭酒、彭泽县令等官职。这些陶家人的官职，也正好大体反映了溪族在魏晋南北朝时期的活动范围。隋唐以后，溪族演变为现在的瑶族，当时叫莫徭，意为不负担徭役赋税的民族。因为瑶族祖上为朝廷（汉朝）征战有功，又因为瑶民占据的是山间瘠薄之地，所以能免徭役赋税。

明洪武二十四年（1391年）制定的"天下郡县赋役黄册成"记载，药姑山一带人均近一石粮，而瑶民精制的茶叶另被列为贡品，户平"岁贡芽茶十六斤"。既要纳粮，又要贡茶，瑶民不服，朝廷则严刑重罚，官逼民反。《明史》记载，自洪武五年至三十一年，"蛮叛""讨蛮""平蛮"事件就有三十三起。最后，"蒋大官人发大兵"，镇压瑶民。

瑶民被迫"姊妹齐会商量好，齐齐退下外当行"，开始了一个民族的又一次南迁。离别的一幕很悲壮，瑶族头佬将一只牛角锯成十二截，交给十二姓瑶人，相约五百年后，拼拢牛角，十二姓瑶人一起吹响号角，重回千家峒团聚。

在药姑山山南的古驿道上，留下"别离垾"的地名。

从那以后，千家峒就成了瑶民子孙心中一个难以解开的结，一个永远难以抑止的痛。

通城人并不知道药姑山就是瑶人的千家峒，只知道通城自古是个汉瑶杂居的地区。康熙《通城县志》记述："元代前，通城为汉瑶杂居地，后因战乱，瑶民渐入湖南。"

2001年10月8日，中国（广西）瑶学学会发布的《龙窖山千家峒认定意见书》说："确认龙窖山（药姑山）千家峒……是瑶族历史上早期的千家峒。"四年以后，通城人才知道这个认定书，也就是从那年起，通城人开始了瑶文化的发掘研究。这些热心的瑶文化研究者，被一些人讥为"造瑶专家"，因为现实是，通城县没有一个瑶族人。

四

"东方罗姆人"的圣山。

瑶人世代传唱的《千家峒歌》

唱道："瑶人出世武昌府，满目春色四处游，龙头山上耕种好，老少乐业世无忧。"

武昌府，位于今湖北武汉市。元至正二十四年二月乙卯（1364年3月24日），朱元璋改武昌路为武昌府，仍定为湖广省省会。武昌府辖境相当于今黄石市、咸宁市、鄂州市，以及武汉市的江夏区、武昌区、洪山区、青山区。不知道是笔误还是口误，龙头山其实就是龙窖山。

瑶族同胞在鄱阳湖和洞庭湖之间的幕阜山区安居乐业，通城的龙窖山是个核心区，也就是千家峒，后官府侵入，他们渡过洞庭湖进入南岭聚居，一部分又经广西、广东、云南，过了一山又一山，进入越南、泰国等东南亚国家。20世纪七八十年代，一部分瑶人还从东南亚漂洋过海去美国、加拿大、澳大利亚等国家，成为一个世界性的民族。目前，全世界瑶族人口有三百六十万，其中有六十万在国外。不断迁徙是瑶族的又一民族个性。

"走啊，找啊，又一天；盼啊，梦啊，又一年。"

多少年来，瑶族人民发起一次又一次寻找千家峒活动。中南民族大学教授李庆福最懂瑶人心，因为他自己就是瑶人。他说："越是迁徙漂泊的民族，越是怀念自己的故地，寻根是他们永恒的情结。"武汉大学教授宫哲兵介绍，清道光十一年（1831年），湖南江华爆发了赵金龙领导的瑶民起义，队伍发展到一万多人，占领了湖南、广东、广西三省交界的十多个县，他们喊着"打回千家峒"的口号，唱着《千家峒歌》。1931年，广东连山、连南等地瑶民前往广西、湖南寻找千家峒。1933年，湖南江华瑶民赵明禄发起十五人组成寻找千家峒先遣队，在外活动一年。1940年，广西、广东、湖南等地瑶民掀起一次百余人的寻找千家峒活动。1941年，以广西大瑶山为中心的十县瑶民不堪官府欺凌，发动"杀回千家峒"的武装迁徙，遭到国民党军队的残酷镇压。1957年，广西恭城县、灌阳县瑶民在周生隆、周昌和两位乡长的领导下，选派几十名代表，外出寻找千家峒。这件事被定性为反革命事件，两位乡长被判刑，直到20世纪80年代才平反。

几百年来，瑶人从来没有停止回家的步伐。2000年12月22日，湖南省政协原副主席邓有志、云南省政协原副主席赵延光等瑶学专家，来到药姑山实地考察瑶族祖源遗址。2001年4月9日，广西壮族自治区副主席、国家《瑶族通史》编委会主任奉恒高领队来到药姑山，确认了湖南省临湘市的龙源乡部分村寨、湖北省通城县大坪乡大风磅属于瑶寨古址，同为千家峒的组成部分。邓、赵、奉都是瑶族十二姓里的姓氏，尤其奉姓是瑶人独有的姓。9月2日，四十四位学者来到湖北境内的药姑山，踏访了大风磅、邓家沟、竹铺沟等瑶寨遗址。9月24日至27日召开瑶文化专题研讨会，10月8日发布《龙窖山千家峒认定意见书》。

2002年5月，湖南省政府公布药姑山为省级文化保护单位。2014年，通城县大坪乡内冲村被列入"十二五"期间全国1000个少数民族特色村寨保护与发展名录。内冲村是湖北唯一的瑶族村寨，全国入选的瑶族村寨也只有五个。2014年12月，湖北省民间文艺家协会和湖北省文学艺术界联合会联合授予通城县"湖北省瑶文化之乡"的称号。

2017年，咸宁市政府向中国民间文艺家协会申报"中国瑶文化之乡"。因为类似龙窖山的垒石文化，遍布咸宁市六个县（市区），研究成果也表明咸宁全域皆是瑶人生活地区。因为今天的咸宁毕竟没有一个瑶族人，最后确定的申报项目是"中国古瑶文化之乡"。湖北省民协驻会副主席鄢维新领导的研究团队，给出了这样的"古瑶文化"概念：元明以前，长期生活在鄱阳湖、洞庭湖之间，幕阜山地区的"三苗"遗裔——蛮獠、夷蜒、莫徭、山瑶等山民族群，于元末明初时期，大部分向西南方陆续迁移后，遗留在该地的物质文化和部分民俗文化成分融入汉人习俗，所形成的独特的地域文化。物质文化方面主要表现为"垒石文化"，有垒石屋、垒石窖、垒石井、垒石渠、垒石埂、垒石梯田、垒石山路、垒石哨所、垒石墓、垒石庙等；民俗文化里，民间神话传说故事、民间歌谣、民间音乐、民间舞蹈，均有瑶蛮文化的影响存在。特别是通城县的拍打舞、赛锣赛亮，赤壁市的脚盆鼓，通山县的山鼓、神歌，都与瑶蛮习俗紧密相关。咸宁市民间丧葬、哭嫁音乐与盘王大歌的部分音乐具有一定的相似性。一言以蔽之，就是主要表现为"瑶田汉耕、瑶茶汉采、瑶俗汉袭"。但是，其中的瑶、汉习俗，与今天的瑶族、汉族习俗有一定的差异。可谓非瑶非汉、瑶汉杂糅。古瑶文化的分布区域多半在今天的咸宁市境内。

申报当然是成功了。在来咸宁的评审专家中，有一位中央民族大学教授朱雄全，他是瑶族人，也是中国（广西）瑶学学会副会长，来到大风磅瑶民聚居地遗址，他说："分明回到了梦中的原乡！"

申报的成功，坚定了政府和民间的信心。他们投资亿元以上，建设了"瑶望千年"古瑶文化广场和古瑶文化风情大观园，并打造《汉瑶千古情》大型实景音乐剧，当地作家杨弃也创作了目前瑶族唯一的长篇小说《千家峒祭》。这些项目均在2019年面世，迎接全球瑶胞回家。

五百年的期约，其实已逾百年，回家的路已经铺平，更有深情期盼和迎候，大风磅的千年老栗树一直在等待，别离埂的巨型刻石也一直在眺望。

久违的杜家村

温新阶

天气晴好，却有不小的风，栗树叶子被吹得翻白，一只只白鹭好像有些把握不住方向，只好收敛了飞翔的姿势，歇在河边的杨树枝上，那树枝便多了几分摇摆。

还是那样一条小河，落差大，水量小，簌簌白水从土灶大的卵石间哗哗流出，然后跌进一个小小的水潭，有鱼，有土名叫"梆梆"的石鸡。当年，我们燃了篾黄、葵花秆子，有时也用四节旧电池自制的手电照明，在小河里抓石鸡，周围苍山如铁，深黑的天穹悬得很高，我们沉浸在收获的喜悦中，全然不知疲倦，从蒋末山门口开始，一直抓到康家湾……

路宽了，不是当年清早出门会被露水湿透布鞋的小路，修了公路，还硬化了，还有指路牌，主要是去"覃祥官故居"的提示。

于我而言，这个指路牌显得多余，1973年正月十二，我高中毕业到竹园荒小学任民办教师，父亲背着箱子，我背着被子到学校上任，就是从覃祥官家的稻场路过的。父亲和覃祥官似乎还沾一点亲，他的夫人刘维菊一下子认出了父亲，叫父亲喝一杯茶再走，父亲说，快到了，下次来喝茶，我儿子来这里教书，烦请多关照。

竹园荒小学在一栋很长的房子里，三分之一是学校，三分之二是养猪场，刘维菊就是养猪场的饲养员，尽管覃祥官此时已是长阳县委常委、宜昌地委委员，刘维菊依然在养猪场乐呵呵地养猪。

我来竹园荒小学之前，我的小学老师陈祥茂在这里执教，陈老师是一个仔细的人，个人的收支都记了流水账，每个月的账都是平的。他借别人的东西，别人借他的东西也都是记了账的，他还在响潭园小学任教时，一次开会，别人在他的笔记本中看到肖兴源找他借针的记载：肖兴源借针一口（是弯的）。于是传为趣谈。像陈老师这样的老师工作肯定是相当仔细，跟家长关系也处得好，把他调走，家长恋恋不舍。对陈老师的好感引发了对我的

挑剔，我高中毕业时个子很矮，对四级复式教学又没经验，一节课完了，有的年级做了一节课的作业，有的年级则听讲了一整节课，于是，有的家长就到学校为难我。刘维菊连忙为我说好话，她还请原是小学教师后来被划成右派的钟昆成出来解围，钟昆成虽是右派，在竹园荒却很受尊重，他的话很起作用，我很快就赢得了家长的信任。

从此，我经常到祥官医生家去，因为他家里经常有记者、作家来采访，刘维菊就常常请我去陪他们吃饭。在他家里，我认识了《湖北文艺》（今天的《长江文艺》）的小说组长吴芸真老师，武汉的作家王振武老师，宜昌地区创作组搞音乐创作的鲍传华老师。

水稻已经青田了，一畈一畈生动异常，竹园荒当年是杜家村大队的好地方，柴方水便，两个生产队，每个队有一百多亩水田，吃米不用愁，很多姑娘都想嫁到竹园荒。旱田里庄稼却种得少，多数栽了银杏，种了蔬菜。公路在水田和旱田之间

盘旋，路旁是一座一座的小洋房，间或有人出来，但是一个都不认识，我希望见到一个我曾经教过的学生，结果很失望。四十多年不见，他们也都是五十岁左右了，就是见到了也未必认识。

风依然很大，在这初夏时节，似乎有些不合时宜。

终于到了祥官医生的墓前，当决定到杜家村捡拾当年的记忆时，我就想一定要先去看一看祥官医生的墓地。

现在，百度上有关于覃祥官的详细介绍，虽然介绍有错误，但基本可以对他有个大略的了解，不过，愿意百度覃祥官的人可能是少之又少。

覃祥官，起初是个农民，后来到县中医班进修，结业后分配到公社卫生所当医生。他日思夜想的是农民看病吃药的问题，于是辞去拿工资的卫生所医生职务，回到杜家村当了一名拿工分的赤脚医生，并在党支部支持下创办了农村合作医疗，每人每年交一元钱，再从公益金中每人提取五毛钱作为基金，农民看病每次就只要交五分钱的挂号费，公社住院按比例报销……

经过紧锣密鼓的准备，1966年8月10日，中国历史上第一个农村合作医疗试点——"乐园公社杜家村大队卫生室"挂牌了。不久，合作医疗在乐园公社推广，乡党委还向上级做了专题汇报。

1968年12月5日，《人民日报》头版头条转发了这篇题为《深受贫下中农欢迎的合作医疗制度》的调查报告，并加了编者按，称合作医疗是一件新事物，称赞共产党员、杜家村大队卫生室赤脚医生覃祥官是"白求恩式的好医生"。

覃祥官出名了，三次受到毛主席接见，当选为长阳县委常委、宜昌地委委员，成为第四届、第五届全国人大代表，还以中国代表团副团长的身份出席了在菲律宾召开的西太平洋区基层卫生保健工作会议，并在会上做了题为《中国农村基层卫生工作》的报告，回答了各国卫生部长和记者的提问。

从菲律宾回国，湖北省委一纸调令，调任他为湖北省卫生厅副厅长，并要求他将家人户口一并转到武汉。他仅一人到了武汉，非但没有转去家人的户口，他自己的身份依然是杜家村卫生室的赤脚医生，他成了拿工分的副厅长。

在省卫生厅，他挂念的是杜家村卫生室，是农民看病吃药的事，是村里的那些药园，武汉不属于他，城市不属于他，他的心在乐园，在杜家村，于是他以送药种为由，回到杜家村卫生室竟一去不返……

改革开放初期，有人认为合作医疗是"左"的产物，一夜之间，合作医疗烟消云散，炙手可热的覃祥官一度遭受冷落。

对个人的遭遇覃祥官看得很淡，这本来就不是他的初衷，他担心的是以后农民看病吃药的事。

没过两年，因为药价涨速较快，农民看病吃药的问题再次摆到了政府面前，人们这才又想起了鄂西南偏远乡村乐园，想到了覃祥官，想到解决农民看病吃药的最好办法还

是合作医疗。2003年，国务院下发了《关于建立新型农村合作医疗的意见》，在原来合作医疗的基础上，实施新的农村合作医疗制度，并把长阳作为首批试点。同年12月5日，时任国务院副总理的吴仪专门到长阳调研新农合（新型农村合作医疗），对长阳的新农合试点高度肯定。

这一天，正是《人民日报》发表《深受贫下中农欢迎的合作医疗制度》的调查报告35周年，覃祥官在乐园老家看到吴仪副总理在长阳调研新农合的电视报道，那份欣喜真是难以言表，禁不住泪湿衣衫。

覃祥官医生离开我们已经十多年了，他走的时候，数以千计的人自动来为他送葬，人们按照土家族的习俗为他跳了一通宵的"撒叶儿嗬"。这十多年里，经常有人来到他墓前祭奠，就在几天前，已经退休的湖北省委宣传部常务副部长文成国还来祭奠了他的这位老朋友。

我按照土家族的规矩，为祥官医生烧些纸钱。

风小了许多，我小心翼翼地点

燃火纸，在烟雾的升腾中，我仿佛看到了他和蔼慈祥的面容，仿佛听到了他朴素亲切的话语。

离开祥官医生的墓地，我想去看一看曾经的竹园荒小学，这里早已夷为平地，种植了苞谷，一片片的苞谷叶在阳光下呈现出健壮的墨绿色。在原来学校旁边修起了一栋小洋房，不知道主人是谁。

终于看到了一个背木背子的人，我上前问他，学校旁的房子是谁的，他说了一个姓名，我并不知道这个人，我又问他认不认识刘闰年、覃发淑、覃祥珍……他一脸的茫然，原来他并不是竹园荒的人。

我在竹园荒小学只教了一学期，就调到杜家村的完小松树包小学去了。

下一站，我自然要到松树包去看一看。

离开竹园荒这个我人生的真正起点，心中浮起一种莫名的情感，当时的大队书记覃祥书对我关照有加，1995年大中专恢复招生，就是杜家村党支部推荐我上了长阳师范，

我一直没有对祥书书记表示过感谢，现在他已去世多年，还有给我送过腊肉小菜的乡亲也可能已经鲜有在世者。人生就是如此，一辈子要经历很多事，结识很多人，很多用华丽辞藻夸耀赞美你的人记不了多久，而那些语言朴实情感真挚的人让你永远无法忘怀。

竹园荒的庄稼、树木、房舍、河流以及在这片土地上劳作创造的人们都在我的车后继续叙写乡村的美丽图画，我擦干泪水继续前行。

车过姜家坳的时候，我想起了姜翠云。姜翠云是杜家村出名的美人，又有一副好嗓子，县歌舞团本来要招她去当演员，但因为她出身富农，政审没有通过，这不影响她成为大队毛泽东思想文艺宣传队的台柱子。负责抓文艺宣传队的是复员军人、大队副书记覃发良，覃发良正跟姜翠云热恋，每天在一起排练节目，也在一起排练爱情。

不久，上面要提拔覃发良当吃皇粮的公社副书记，领导找他谈话：必须和姜翠云一刀两断。

覃发良的决定和我们大多数人想象的一样，跳龙门的机会是不能放弃的，于是，他和姜翠云分手了。那些日子，如果说覃发良痛苦万分，那么，姜翠云的痛苦就是十万分百万分，因为覃发良失去了爱情换来了仕途，姜翠云只有失去，没有人为她提供可以交换的选项。后来，两人各自结婚生子，他们内心深处的伤疤也许在时间的长河中已经结痂，没有人试图探讨过他们内心的挣扎是如何平复的。多年以后，我在宜昌的三峡人家景区见到过姜翠云，她在那儿喊山歌，嗓子还是那样清亮，穿云裂帛，令人心旌摇曳。再后来，听说她得癌症去世。香消玉殒，惜者几何？

过了姜家坳，就看见松树包小学了。

松树包小学原是覃氏宗祠，1949年前，由成为"钊大王"的覃顺钊出资兴建。覃顺钊幼时家贫，衣不蔽体，食不果腹，有一年，兄弟俩打了一只大老虎，从此卖虎骨酒发家，成为乐山（杜家村、范家街、千才岭统称为乐山）的头面人物，椰坪街上的富人过事都要给他送帖子。他在庙垭子开了栈房商铺，又想到乐山覃氏人丁兴旺，要跑几十百把里去椰坪的皮村朝祖委实不便，就出资在松树包修了覃氏分祠。中华人民共和国成立后，跟很多地方一样，祠堂改成了学校，曾经还办过初中，我调到这里时已经只有完小了。

我在这里教了两年，便被推荐上了师范，毕业后被分配到公社的中学任教，后来被调到县里市里，再也没有来过这所学校，现在，学校早已被撤销，冷落和荒凉可想而知。

我把车停在路边，向昔日的松树包学校走去，路边的田地里有一男一女正在给西红柿插站子，西红柿长势良好，叶片肥厚，茎秆壮实。那两人显然不认识我，用好奇的目光打量着。

我上了学校操场，过去做教室的房子都被拆除了，种了苞谷，只有那一栋祠堂的正屋还保存着，门扉全无，几于坍圮，当时，我的寝室就在祠堂正屋里。操场边三株高高的柏树只剩下一株了，那三株柏树在中华人民共和国成立前就不小了，吊打过逃跑的壮丁，那些年，每年都会在这三株柏树前进行忆苦思甜教育……

看到这面目全非的学校，往事幕幕如在眼前。在这里，我常常召集黄春华、覃发端、黄学早等人来学校玩扑克牌，那时扑克牌不好买，还是我一个在河南修武当兵的高中同学寄过来两副。那年月不兴赌钱，谁输了谁喝酒，酒是放了白糖温好的，我就是那时学会喝酒的。我们还常常在放学后和覃发金打乒乓球，他是从部队复员的，球打得特好，我们都不是他的对手，通过他手把手教，后来竟然可以和他对阵了。

我在松树包工作了两年，经历了两任校长。赵承相校长是巴东人，张口就是巴东话，我们天天在一起，耳濡目染，也说起了巴东话，还逢人便说跟着赵校长学了一门外语。戴传安校长会拉二胡，会排节目，就被覃发良请去给宣传队做导演兼伴奏，我也去帮忙写写三句半、对

口词，所以我知道了覃发良和姜翠云的故事。这两位校长都已过世多年，今天站在这里，似乎又看到和听到了他俩的音容笑貌。

当时和学校在同一个大门进出的还有覃吉宠一家，他们家原来住在补巴洲，家里失火了，正好学校的房子宽余，就把他们一家安排进来。现在，他们已经在学校后面的树林边做了钢筋混凝土的新房，我走到他屋旁，他正在田里锄草，约莫看了一分钟，终于认出了我，连忙要我进屋泡茶喝，我问了一些熟识的人，他一一给我介绍。覃发金因为欠了别人钱竟然喝了农药。黄学早虽然出身不好，改革开放后入了党，后来当了村书记，前两年得肺癌走了。邓支国发展了几十亩李子，每年收入不少。最让我想不到的是覃祥军，他在学校读六年级时，一边上学，一边给我们做炊事员，因为他出身富农，就有人反映到大队，说学校请一个四类分子子女给学生蒸饭，不怕他下毒？祥书书记听了后说，一个小孩子，不至于吧。他

才把这差使坚持到毕业。吉宠告诉我，他现在住进了安置房。实在想不到，一个富农子女，现在成了贫困户，还住进了扶贫安置房，真是三十年河东三十年河西，世事难料。

卫生室是不能不去的，地方还是老地方，修了崭新的房子，已经不是当年那栋土起瓦盖的房子了，门上挂的"乐园公社三大队卫生室"的牌子让我的思绪一下子回到了几十年前。想当年，覃祥官医生在这里看病，每每有代表要来参观合作医疗，就喊我们来帮忙写标语、办专刊，那两年，我和一小队的邓锡坤不知为杜家村大队和卫生室办了多少专刊。邓锡坤会写一手毛笔字，我也可以拿毛笔写一写，还可以画一点插图，还有就是把柏树枝、杉树枝铺在白纸上，用牙刷蘸了广告颜料在木梳上猛刷，将颜料均匀地喷在柏树枝杉树枝上，然后把树枝拿走，白纸上就留下了好看的图案，我们用这个做专栏的花边，领导看了拍手叫好。以后，凡是要办专栏，都是我和邓锡坤的事，他可以凭写

字挣到高工分，我是学校的老师，当然是义务劳动。

当年在卫生室，我还和王振武一起喝酒聊天，酒醉之后，我们都要到那几株枣皮树下合影。现在，村委会和卫生室的食堂在一起，我们参观完办在卫生室二楼的合作医疗展览后到他们食堂进餐，伙食还不错。正好县纪委扶贫小分队要在这里吃完中饭，然后到扶贫对象家参加劳动，还要在那儿住。小分队中有一个读初中时我教过的学生，连忙替我付了饭费。

本来还想去看一看培幺姑，这个唱得了几百首山歌、会拉二胡、会跳花鼓子的民间艺人，不知有多少民间艺术工作者在她这里采风，她的艺术天赋不知打动了多少人，而她的爱情故事更是叫人扼腕长叹，王振武以她为原型写的小说《培幺姑》发表在1982年第六期的《芳草》杂志上，受到业内好评。1987年，王振武英年早逝，培幺姑专程到武汉扁担山公墓为他"上坟"……现在，她已经离开我们去了另一个

世界，不知道她现在还唱不唱山歌，还拉不拉二胡，她的爱情是否顺利？天色已晚，在大吉岭小学当校长的当年我教过的学生秦立寿已经打电话催我们过去吃晚饭，只好等下一次再来看她，再来给她烧几张乐谱、几张歌碟。

离开杜家村时已是傍晚，夕阳西斜，山喜鹊开始归巢，作为杜家村的标志的那株几人才能合抱的油杉树似乎没有了往日的肃穆，变得亲切而随和。长势良好的庄稼散发出特殊的气息，这种气息连同这种气息带给人们对丰收的期冀和兴奋，已经多年没有体会到了，作为一个农民的后代，今天在杜家村捡拾回来的，会重新刻入我记忆的光盘里不再丢失。

门前流水尚能西

倪 霞

一

倪家村还在睡梦中，安静得能听到远处西流河的潺潺流水声。收收捡捡的母亲，几乎一夜未眠，刚刚打盹复又起身。父母回老家翻新老屋，在亲房家借住了一年的房间，今日退还。母亲把房间的每个角落都收捡得干干净净，然后开始叫醒睡梦中的我们。

曙色未明，弟弟挑起箩筐，里边装着柴米油盐酱醋茶，借着灯光，走在静谧的乡间路上，走过写有"经锄世泽"的门楼，走在新屋与老屋之间。五岁离开老家，对村子几乎无记忆的弟弟，一年来都是被母亲牵扯着来来回回。带着他的妻女，常常送母亲接父亲，送生活用品送衣物送钱，这一年回老家的次数，远远超过了几十年来的总和。十三岁便离开老家的父亲，对老家的风物人事也早已陌生。这一年，父亲也被母亲拽着，来来去去，断断续续在老家住了数月之久。两位倪姓父子，曾经对老家的淡漠，全部被作为倪姓媳妇的母亲，生生拉回了，不得不一次次回望故乡。

叔父提着锣罐，里边装着母亲刚刚煮熟、热气腾腾的芋头包坨，老家叫薯粉蛋，寓意搬新居遇财遇宝团团圆圆之喜气。父亲拎着一小盆的炭火，趔趔地跟在后面。撒了新蒜苗的香气，隔着锅盖揭开，随着热气升腾散开，香气溢满新房。叔父一生没有离开过家乡，欢喜之色溢于言表。我们能回来，父母能在老家做新房，最高兴的当属他。母亲带着我们晚辈，各自提着不同的物件，紧跟三个倪姓男人的身后，走进倪姓村子里……

二

倪家村隶属阳新县东源乡，分上屋倪下屋倪，以及西流河上游相连的李家湾、王家湾、邓家湾等，加在一起有上千多户人家，是乡村里少有的"大屋场"。一条西流河蜿蜒而下，经我家门前流淌。倪姓祠堂的门楣上写着"经锄世泽"的黑体大字。

倪姓，由郳姓而来，据说为了避仇而改姓倪。宋代以后，倪姓之杰出人物多见于史，出现了以倪宽、倪思、倪瓒等文人为代表名垂青史的人物。倪姓祠堂名，因西汉倪宽"带经而锄"之典故而来。倪宽（？—公元前103年），字仲文，西汉千乘郡（今山东省东营广饶县倪家村）人。

倪宽幼时聪明好学，因家贫上不起学，在当时的郡国学校伙房帮助做饭，以此求得学习的机会。也时常被人家雇用做短工，每当下地干活的时候，他总是把经书挂在锄把上，休息时认真诵读。这就是至今为人们所传颂的"带经而锄"的故事。故倪姓之后人，皆以"锄经堂"为祠堂名。

少时，工作在外地的父母逢年过节便带我们回老家。那年，正是桃红李白之时，更兼一湾西流水清澈欢腾向西流去，溪边杨柳，垂枝婀娜。隔不远，便有一两树桃李，开得正艳。祖父带着我们，一家六口，衣着朴素，干净爽利回老家。父亲高挑个头，意气风发正当年；母亲温婉恬静，正是面容姣好少妇时；祖父一股读书人的气韵，由内向外散发，古风盎然，儒雅气度；哥哥活泼可爱，机灵大方地跳上跳下。我们这一家走在湾里，置身于流水潺潺、树影摇曳、青砖黛瓦之中，俨然是一幅画，一幅流动的人间美好画卷。人在画中移，画在景中立，人与自然互动起来的美，深深留在我的记忆里……当自己年岁渐长，特别是读了一些诗书后，常常想，这世间，人的气息与大自然相生和谐时生发出来的美，才配得上"神仙眷侣"一词之由来……

父亲十三岁离开老家外出求学，后在外地工作，每次回家总是匆匆。父母结婚后，哥哥和我出生在外地，唯有弟弟出生在老家。那时中国正是多事之秋，母亲带着幼小的我们回老家生活过五年。那五年，父亲也只是偶尔休假回家探望。所以，除了工作忙，父亲对老家的人事，更多的是不熟悉和不习惯。父母退休后，父亲如多数党的干部那样，靠工作支撑的精神，一下子回归平静，除了清闲下来的无聊，更多的是失落。而母亲，放下工作后，似乎更加精神更加忙碌起来。忙孙辈忙菜园头尾，忙阅读忙健身，忙与老家亲朋之间的往来。这时候的父亲，越来越依赖母亲。

三

最近十年来，母亲常常带着父亲往返于老家路上。子女们也各忙各的，随父母自由来去。断断续续地隐隐约约地，我们听父母说，回老家除了参与亲房叔侄等人的红白喜事，同时也为他们将来落叶归根做打算。起先，我们是反对父母百年后回老家的，可母亲的态度十分坚决。对老家已然生疏的父亲，在"回归故里"这一问题上，数次反复，终与母亲达成了共识。我们知道，母亲在哪儿，父亲的心便在哪儿。母亲的决定如此坚决，我们也只有接受。我们理性地清楚，如果父母百年后留在了外地，那老家这条路，我们、再后来的晚辈，就会慢慢稀松，最终断掉。

大前年，七十三岁的母亲，突然决定要回老家建房子！在一片哗然的反对声中，却无人可以阻挡，弟弟甚至用"你太强势""我们虐待你了？"等话来激母亲，可反对无效。

那年春天，我和弟弟送父母回倪家村建他们的新房。车子朝着老家的方向，一路前行。春雨潇潇，温润如玉。山峦叠嶂，云雾缭绕。远处近处，油菜花闪烁在春雨的晶莹里，金黄柔媚，肆意片片，或旷野或田垄，或山坳或路边，或村前或屋后。一垄垄一排排，如地毯似锦帛，夹道庄严，英

姿勃勃；似黄袍加身，彰显大地之贵气。桃花数树如粉蝶，梨花带雨三两枝。这条回老家的路，绿树葱茏，缤纷如画，丰盈多姿，诗意盎然。

这条路，父母带着我们，从脚步丈量到车辆急驶，从一整天到如今的一个多小时；从父母背着我们，到我们开着车带着父母；从一路看到的老屋或土坯房，到后来的砖瓦房甚至小别墅；从小路到大路，从灰土到柏油到高速；从贫瘠到富有，从艰难到顺畅。这条路，斗转星移，日月轮回，从少年到白头，前前后后走了几十年。路的变化，连接着时代的发展。路的那头，挂着乡愁。路的这头，牵着一个大家庭成长和发展的希望。

记忆中从20世纪70年代开始，每一年回去多次，到后来的渐行渐稀，特别是祖父和外祖父相继离世后，更是少之又少。90年代中，自己忙于工作和生活，竟然有九年之长没有回去过。而近几年，又开始

多次往返于回老家的路上，只因父母回去的次数多起来，随着对父母的牵挂，作为孩子的我们，回去的次数自然也多起来。

四

父母几十年没有在老家住过，突然回来建房子，在老家掀起一股不小的波澜。方圆几十里，不同乡邻亲朋，纷纷来看望父母，提着各种各样的东西，诸如土猪肉，自己打磨的豆腐，菜园里的各种时菜……做房子时，亲房里每家每户都来帮工。哪家来客了做红白喜事了，父亲便是他们请去喝酒的座上宾……

浓浓的乡情，让父母时时感动着，也依然难以习惯和心安。父亲十三岁离开，到如今七十多岁，从来没有在老家连续住过十天以上，包括母亲在老家的那五年。

在外工作几十年，母亲一直对老家来的亲朋乡邻亲热有加，无论亲疏，无论贫富，有困尽力，有难便帮。离开老家的几十年，母亲始终以大地般朴素的情怀，和慈悲的胸怀对待老家人。父母一生良善，心无嗔恨。特别是母亲，随父亲工作了几个地方，无论在哪里工作或居住，无论异乡还是家乡，她心底无私，与人为善，量力布施。走到哪里，总是带动一片，影响一片。是母亲的执着，把我对老家的爱渐渐牵引了回来。

退休后喜欢走街逛超市的父亲，在老家的每一天，只能沿着西流河，从村东头走到村西头，然后再走老屋之间逼仄的巷子。认识他的人多，而他面对的多是不熟悉的面孔。这都让父亲感到茫然无趣。

那季节有二十天没下雨了，奇热。我专程回老家陪父亲。走在干枯的西流河边，走在老屋的巷头岔尾，本想给父亲一些开心和安慰，而父亲若有所思地，半是回忆半是炫耀地给我讲老家风物人情、故人旧事。这时的父亲，话语多了，眼眸灵动了，神情放松了。这片给了父亲血肉生命，却无法让父亲心灵安妥的老家，那熟悉又陌生的老屋，碧空下的青山，那开着花结着果的菜园，绿了又黄的稻田……这里的一切，于父亲，是沉在心里的底色，不轻易泛出，却总在不停地外渗。

五

破旧的老屋，树枝、河汊、滩涂，还有那遍挂塑料袋的西流河，是这些年我对老家的印象。老家，在我的印象里，只是我祖父祖母的安息之地抑或父亲的出生地。

和朋友说起老家，说起父母亲。他说，在古代，即使在外地做官之人最终都要返乡，即使官至宰相，也是要致仕还乡。正是这些告老还乡的读书官宦之人，形成了中国传统的所谓乡绅社会。

听说我要和弟弟弟媳一起回老家看望他们，并接仍不习惯的父亲回家，母亲在电话里说：霞啊，这几天政府请来挖掘机在清理西流河的河道，说我们这里的水源没有污染，流出去的水，听说是城里人饮用的呢。你再回来，这条河就好看了……母亲是怕我嫌弃呢。

最初我如父亲一样，对老家是淡漠甚至无视的。是母亲对老家的牵挂，让她带着父亲一趟一趟往老家跑；是老家让我和父母一次一次别离，然后又不得不回到那一片熟悉又陌生的土地上。老家留给少年父亲的记忆，是沉痛的失母，是闭塞，是贫穷，是孤苦……留给母亲的未必不是这些。

但母亲的乡愁，明确而理智。

六

在西流河边，我不禁默默念起苏轼写下的《浣溪沙·游蕲水清泉寺》的诗句来：

山下兰芽短浸溪，

松间沙路净无泥。
萧萧暮雨子规啼。
谁道人生无再少?
门前流水尚能西。
休将白发唱黄鸡!

谁说人生不能再回到少年时?一如母亲的精神,只要生命尚在,从来不曾颓废过。更何况,家门前的溪水,一直缓缓向西流淌,即使曾经脏乱差过,即使这片水流不按常规出牌。可是,母亲相信,不论时光如何飞逝,只要爱惜眼前,从现在做起,从来都不会晚。更何况,一个亘古千年的村庄,有多少人脉可以集聚在一起努力,一如眼前正在整治的西流河。让我们缓缓地去爱,用真情用行动,像爱自己的眼睛那样,去爱家乡的山和水。

系满了红绸的土地屋,是方圆百里人们对这方土地的敬畏与爱戴。走得再远,回来时,土地屋是必经之地,每一位游子,先拜土地再回家。拜过土地,车泊门前,西流河水,细细潺潺。油菜花黄,粉墙黛瓦,层层叠叠,屋屋相连。站在建设中已初具规模的楼房上,一览倪家村之美景。雨后新绿,古木参天,水田汪汪,老牛悠悠。多少年来,客居他乡为知己,从来没有觉得老家如此美过,从来没有用心用真情与这方土地对话。

"带经而锄"的故事,诠释着耕读传家之美德和浪漫。从先祖倪宽,到后世代代,到底有多少子孙还能懂得和传承耕读传家的美好与意义?我知道,有母亲在的老家,一定是温暖而干净的。

父母的行动和举止,终究是让我们这些骨肉,与父母绵延相隔;终有一天,我们在外头,他们在里头。从而,重新构建晚辈的乡愁。每每想到这儿,我便潸然泪下……

新市的桃花

谢 伦

在新市镇，我看到了海一样辽阔的桃花，漫山遍野的粉红色，随着山势的起伏跌宕、弥漫，妖娆炫目，若云蒸霞蔚，直铺展到天边。天边是枣北著名的沙河水库，你感觉那些云霞般的粉红色，鼓荡汹涌，马上就要越过那片水域，翻滚到水库的那一边。而水库那边就是随州的吴山镇，河南的桐柏县、唐河县。这里是"一脚踏两省，鸡鸣闻四县"的地方，就见不断有拖拉机、三轮儿、电驴、小汽车从桐柏、唐河和

吴山那边开过来，摇摇晃晃地跌进新市的骆楼、李楼地界，像一个个的蚂蚁或甲虫，在桃花林里缓缓蠕动。不用猜，和我们一样，他们也是赶来新市镇的李楼村观赏桃花并参加桃花诗会的。诗会的会场就设在李楼村一个桃花烂漫的山岗上，搭眼望过去，山岗四围早已是车水马龙，人流如织，有巨大的桃花诗会的彩虹门高高地耸立在岗顶，一束束广告彩球和造型各异的桃花风筝如大鸟般在半空中迎风翱翔、飘

荡——此时那里正丝竹管弦，诗歌如潮，风和日丽，万物吉祥。

枣阳市是"中国桃之乡"，新市镇被誉为"中国桃乡第一镇"。镇政府因势利导，在每年的三四月份桃花盛开之时，以花为媒，广邀省内外热爱自然的文朋诗友来此举办桃花诗会，吟诗赏花，踏青采风，多少有提炼桃乡美景和丰富桃乡民俗风情的意思在。新市镇不仅有几万亩的桃花园，更有前湾邱家古民居、白竹园寺森林公园、石大尖山、玉皇顶、红色教育基地"橙刺园"（黄火青故里）……诗文歌赋历来就是审美的极大张扬，唱响桃乡品牌，以助力新市桃产业振兴，促进美丽乡村旅游的跨越式发展，这既是作家诗人们大显身手做出贡献的好时机，也是实现文化与时代同频共振的笃实践行。

不过，我还是决定要开个小差，不参加事前既定的诗会吟诗，也不参加团队下一站到枣南吴店镇几个新农村的参观活动。因为枣南我相对熟悉，具体到吴店镇我就更熟悉

了，那里的乡村，那里的一山一水、一草一木，我是说近些年来，随着时代前进的步伐所带来的村庄的变或不变，包括房屋、道路、庄稼、炊烟、鸡鸣狗吠以及人情世故等等，它们就像是我身上的物件一样，闭上眼也说得清楚。可枣北于我就生疏多了。我在外面时总说枣阳是我故乡，回到枣阳又会说枣南的吴店镇才是故乡，我在那里出生、长大。但枣南属于丘陵山区，枣北却是典型的黄土高岗，土质及自然环境差距大，产业发展也各不相同。比如我老家就很少有集体栽种果木的，偶尔一块荒坡，或谁家房前屋后有棵桃树、梨树，春来花开格外喜人。而现今的枣北地区，已然是果木的天堂了。还记得1980年冬（1981年？），我被县水利局临时抽调去搞全县水利地质勘查，和一位叫陈四有的技术员搭班子，在枣北的鹿头、新市广袤的地面上跑了两个多月。鹿头的杨家河村、郭营子村、南坡村、尹沟村，新市的鸿雁河村、李楼村、前冈村、骆楼村、付家湾

村……那些个田头地埂、沟沟坎坎，都留下过我们的足迹。就是眼下举办桃花诗会的这个山岗，我也是来过多回。有段时间，我和陈四有就住在山岗那边的陈庄小学，从陈庄到李楼、到新市，来来去去都打这儿过。或许，这就是我要离开团队单独行动的原因所在吧：旧地重游，是突然地有一股暖流在心底涌起，就有了想留下来再走一走、看一看的情感冲动。枣北地区在过去就有种植水果的传统，1980年以家庭为单位的联产承包责任制在枣阳还没全面铺开（全面铺开是在两年后的1982年），市场经济也还在萌芽中，他们就已经在尝试着发展水果产业（有苹果、梨，主要是桃）了。只是种植规模远没有今天大，几亩地或十几亩地，东一块、西一块，零零散散的，摸石头过河，不成气候。尽管"不成气候"，但在当时，对于我这个从没见过拿种小麦水稻玉米的良田来栽果木的人，还是吃惊不小。枣北的冬天天空很低，草木萧索，黄土漫漫。我肩扛测标尺，头

顶老北风走在栽种着桃树的地埂上，心里总有一种生活苍凉的味道。只不过看到田垄间桃枝的纵横交错，色黑如铁，也会联想等到了明年春天，千朵万朵桃花盛开的烂漫美好，想象着到了五六月份，大白桃堆积如山的丰收喜悦。但丰收归丰收，那么多桃怎么能吃得了啊，能卖给谁去？又杞人般担忧。要知道1980年人们都还很穷，城市人穷，农村人更穷。在枣北，一户户人家住的都还是干打垒的土墙茅屋（瓦房也有，很少），门前的院落也是垮垮塌塌的。我和陈四有从早到晚在田野里东奔西突，测量、钉桩、取样、记录，中午是吃派饭。有次在陈庄，由生产队长领着我们去吃中饭，刚走到一户人家的家门口，冷不丁就从旁边的院墙豁口跳出来一条大黄狗，好在被队长及时吼住，幸免被咬。"瞎狗日的，"队长骂道，"陈技术就是咱隔邻鸿雁河的，自家人不认自家人啦？！"

村民们都把陈四有叫陈技术，陈四有在当地颇受尊重。陈四有比

我年长几岁，1977年恢复高考后第一批考到襄阳农校，毕业后被分配到县水利局，是正儿八经的技术干部。这位仁兄精力充沛，爱夸夸其谈，也的确有些才情，有写日记的习惯，唐诗宋词张口就来，最佩服他能整章背诵《红楼梦》（说实话，那是我有生以来第一次看到还有人去背小说），每每谈起潇湘馆、稻香村、栊翠庵，我云里雾里，他怜香惜玉。只可惜他在高考之前就结婚了，老婆孩子还留在鸿雁河村。不过陈四有说，他对老婆有个承诺，说总有一天，也要把她跟娃子弄到城里去。娃子是他儿子，叫黑蛋，四五岁样子。我随陈四有去鸿雁河他家里，他老婆正在厦屋拌干草喂牛，看到我们走进院子，就停下手里的活儿，一脸喜气地给我倒茶，给陈四有倒茶。陈四有喊：黑蛋，黑蛋！黑蛋不理他，也不喊爸，只一个劲在院子里颠颠颠儿追他家一头小猪崽儿。

和无数人在改革开放中实现了自己的梦想一样，陈四有也兑现了他的承诺——先是停薪留职去深圳一家报业做编辑，不久辞职，举家南迁。

二十几年过去，现在我又一次来到了我和他曾经架水准仪、扛标尺、取土样的地方，今昔巨变，想起这位兄长，感慨良多。从李楼到陈庄，镇宣传委员小李告诉我，那个陈庄村在村组合并时，改叫骆楼村了，陈庄小学也早已被撤销。其实骆楼原本就是陈庄村一组的名字，升一级，成为村的名字，和孟子坪、南坡、鸿雁河、大堰、西李、东李一样，都是中国村庄的好名字。只是没想到陈庄小学给撤销了，有些遗憾。我和陈四有可是在那所小学里住了有半个多月！长着一张娃娃脸的张老师，扎一对辫子的小刘老师，小陈老师，炊事员老胡……村书记陈建华说，现在学生娃儿都到镇上的大楼里念书了。倒是还有一排矮趴趴的老教室没被拆掉，可以去看看。那是几间红机瓦盖的老房子，被果农大户陈国辉私人买下来，当了他种植果木的生产资料仓库。

说去就去。车上陈书记给陈国辉拨手机，拨了几次，终于接通，叫陈国辉陈爹。他们是自家子，都姓陈。

陈建华人年轻（大约三十几岁），开车凶猛，车在桃花林里穿行，唰唰唰，视野里全是桃花晃眼，一直晃眼，感觉像是在玩电脑游戏。待翻过了一座高岗，下坡，就见陈国辉背个背负式药箱，正在岗下的一块苗圃地里一五一十地给苗木喷洒药液。没错，从大的环境上看，还是当年的地理形势，旁边就是他用来当仓库的那一排红机瓦的老教室。

苗木仍旧是桃树苗，一行行的，嫁接过的有拃把多高的砧木上，已发出了二三匹的叶芽。陈国辉说，走，走，到屋里坐。

很大的一个院子，也全是果树，开着花的除了桃、杏，还有梨，还有的我不认识。有鸡满院子跑，树上也是，鸟一样飞来飞去。我搜索记忆，有些恍惚，院子里铁锹、镢头、锨、耙子、粪篮、铁桶、扁担等生产用具扔得到处都是，有些杂乱无章。——已没有学校的样貌了，原来我和陈四有住的那间房子也找不到了。我径直走到房子西头，记得过去这里曾经是几间做办公室的耳房，老师们在此批改作业的，现在变成陈国辉家的猪圈了，好几头大肥猪听到动静，都仰头哼哼哼望着我们，以为要给它们喂食。

陈建华介绍说，谢记者早年在枣北搞水利和土地复查（勘查）时来过咱学校呢，还住过几天。陈国辉有些不信，有些惊讶，说：啥？是吗，哪年的事我咋不晓得？我说：早了，1980年冬。他说：哦，那怪不得，那会儿我当兵呢！缘分、缘分。陈国辉五十多岁，一点不见老，身板儿硬朗，一说话哈哈笑，爽声大气的，可见日子舒心。

在院子里转了一圈儿，进屋喝茶，里里外外没见有其他人。我不禁好奇，问："一排这么多间房子，怎么就陈师傅您一个人待在这儿？""那咋，孩子们都在城里，老伴儿就进城带孙子了嘛！也习惯了。"他说，"没办法，有几十亩的果木林、苗圃地要经营管理，要精耕细作，一点马虎不得。实在是离不开呀！"陈建华马上抢过话头说："您哪儿是离不开哟。"又回过脸儿冲着我笑："别看他一个人，不算别的，每年光水果（桃、梨、苹果）和苗木这两项，收入就十几万，碰到好年成二十几万呢，他能舍得下？"我瞭了一眼，满脸堆笑的陈国辉，很是自豪。

骆楼村全村三百零六户，一千二百多人，如今大伙儿都靠种植水果脱贫致富，买汽车、盖洋楼，陈国辉是其中的一员，也是佼佼者。陈建华说，陈国辉最大的长处就是思想不保守，在部队上锻炼过的人，有知识，又善于去研究市场，搞科学种植，他的果子从来不愁销。

"主要是果子的品质、品相要好，品种要多，换茬更新也要勤，得时时赶在市场前面。"陈国辉补充道。出院子门，走上门前一条窄窄的田埂，他指着远处挨在沙河水库边上的，开着一派迷迷蒙蒙的桃花说，你看，那一片是八十多亩桃，就有六七个品种，有五月鲜，有六月熟、七月熟、八月熟，你看它们开的花子都一样，开花的时间也一样，但果子成熟时间是不一样的，品质也自然各不相同。还有的是秋桃、冬桃。每年从 5 月开始，一直到年底，月月都有时令的桃子上市。品种多的好处，就是能打出时间差，错峰，避免大家呼隆一起涌向市场，那样卖不出价格不说，多数还烂掉，心疼人。

说着，他一弯腰，又钻进了近旁一块桃花林里，给桃树疏花。他说这就是近几年才引进的新品种"炎黄 1 号"。只见他左手牵住一根开满花的桃树枝子，右手哗啦一捋，花朵纷纷落地。一时把我看傻了：那么多的桃花啊都不要了，多可惜，要损失多少个桃子呀？陈国辉笑笑："要是都保留下来，桃的品质就不好了。那才叫损失呢。'炎黄 1 号'果子大，像小姑娘的脸蛋儿白里透红，品相好，汁多肉厚，能长到一斤多重，一个桃卖十到十五块钱。在这根枝上，我最多让它成熟两个果子就很好了。"

陈国辉的桃，不仅通过村合作

社走向市场，还做电商。陈建华说，一个桃卖十块到十五块的"炎黄1号"，他就是通过网络销售的。

边走边聊，绕过了一个长长的鱼塘，右拐，见鱼塘西边一片桃树底下，好似有无数个白色的点子在晃动。陈国辉说，那是老刘的鹅。

老刘叫刘长军，陈建华说，他是我们骆楼村利用果林搞养殖，依托乡村旅游搞农家乐搞得最好的。刘长军的农家乐就办在他自家的桃花园里，名字就叫"桃花源"。他用隔离网在桃花林里养鸡、鸭、养鹅，十亩一围，二十几亩一围，既除了草，又肥了树，客人们要吃鸡吃鸭就直接去林子里现捉，一举三得。又说，刘长军现在可美气，每天就在"桃花源"里接待观光客人。今天李楼村有桃花诗会，客可多，他的"桃花源"，怕是又得要开流水席哟。

桃花加美酒，酒不醉人人自醉，那是多惬意、多浪漫的事啊，放在过去，也只是诗词戏文里才有吧。现在，这个刘长军，硬是给它做成了一件实实在在的事。陈国辉说老

刘那家伙就是敢搞，也会搞。还有他的桃，也有相当一部分是不运出去卖的，只供游客们前来采摘。到了果熟时节，游客们到他的"桃花源"里观景，吃他的农家饭，喝他自酿的桃花美酒，熟透的大白桃子就在头顶上晃悠着呢，能不带些回去？真正的绿色食品啊，那可是谁也挡不住的诱惑！而刘长军呢，既省了心，又节约了运费。

如此说来，所谓"桃花源"，也并不仅仅是一个充满诗意的广告噱头，它更是刘长军一直在编织着的一个现实版的桃源梦，在又一个春天里，他实现了自己的梦。

其实在骆楼村，像陈国辉、刘长军这样的果农还有不少。"还有合伙儿搞合作社的，还有开家庭农场的，在种植和经营上各有特色，也各有一套自己的致富经。只不过都还处在发展阶段，成本也过大，在方式方法上有待进一步去探索和完善。"我发现，说这些话时，陈建华脸上并没有流露出多少的成就感，反而在他微微皱起的眉头上，有一

种任重道远的责任和思虑。是的，天上不会掉馅饼，幸福从来都是奋斗出来的。作为村书记，要带领全村的人念好果木这本"致富经"，就少不了要格外地费心尽力，日夜操劳。俗话说得好，看花容易栽花难，这其中的艰难辛苦，以及经济和智力的投入，只怕我这个局外人难以体会。

再过几天就进入4月了，赶季节的"五月鲜"，桃花还旺旺地开着，叶芽儿就等不及争抢着在往外冒了，地埂上的牛卷舌草、蚂蚁藤草、锯齿草、黄蒿、狗扯秧子、苦菜等等也已经呼啦啦长起来。陈国辉说："快得很，一进4月果农们就开始忙了，桃枝开始挂果儿，要疏果除虫、消毒杀菌、施壮果肥，然后就是给将要成熟的果子套纸袋儿。

一个果儿一只纸袋儿，几十万斤的果子呢，想想看，要套多少纸袋儿，得花多少工夫……这样一直要忙到果子上市。从早到晚，掰指头算计时间，咬紧关口跟割麦插秧一样，分秒必争。不过忙是忙点儿，看到桃一天天长大、成熟，那种即将丰收带来的高兴劲儿，那个美气，就觉得再忙再累都不当啥了。"

这应该就是一个劳动者最为朴实的心声吧，劳动带来的喜悦，是实实在在的获得感。行走在无边的桃花海里，阳光下陈国辉和陈建华的脸上，都亮堂堂的，看着人心里也滋润起来。我说，陈师傅您果林面积大，对果子品质要求又高，只你一人咋忙得过来，到时候怕少不得要请工哩。陈国辉说，那肯定是少不得，要请的，得请！

南山煮火北山烟

陈章华

一

我曾经多次凝视黄梅县地图，越看它越像一只浮于长江之上的水葫芦。由南往北，层层增高，从湖泊到平原，再由丘陵和龙岗绵延为大别山余脉——北部山区，五祖东山、老祖紫云山、柳林鼓角山都属其中。南边最低处的刘佐口（也是湖北陆地最低处）与北边最高的云丹山，海拔相差一千二百多米，所以有"北边连晴三日旱，南边连雨三日涝"之说。坐落于葫芦顶上的鼓角山脉，在悠然沉寂了很多年后忽然又热闹了起来，把散落在大山深处的文化"珍珠"，串成山区特色旅游"项链"，越来越成为黄梅人的文化共识和追求目标。

鼓角山在黄梅历史上文化地位之高之早，甚至超过了唐代的西山和东山。西山东山分别以两座禅宗名寺——四祖寺和五祖寺而闻名天下。但是在黄梅当地有一个地方名气盖过了二者，祖祖辈辈流传着这么一句话："先有南北山，后有四五祖。"南北山是南山和北山的合称，属于鼓角山脉，据《蕲州志》记载："旧传汉高祖屯兵于此，鸣鼓角。"由此得名。南山多古洞与遗存，北山多楠竹和乔木，黄梅"古十景"里就有"南山古洞""北山乔木"。

悦耳樵歌隔岭闻，满山嫩绿正欣欣。那时候在鼓角山下有一座古驿站，南来北往的人马到此停留休歇时，常常流连于山上悦耳动听的砍樵歌和采茶歌而不肯前行，故而取名停前驿。停前驿经铜陵、界岭等地进入安徽境内，北接齐鲁燕赵，南连云黔湘粤，被称为国驿。我曾经去停前驿的旧址看过几回，过去的石板路早已改道，上面楼房林立店铺满目，前些年还尚存数间清朝晚期建筑，虽已破旧不堪，但其雕梁画栋、飞檐斗拱的模样，以及路上青石板间，印下深深的车辙，依稀可见当年驿道的一度繁盛。

在专门从事黄梅戏创作之后，我才晓得那时南北山一带的"多云樵唱"和"采茶山歌"，就是黄梅戏最初的源头。黄梅山歌的流传，可追溯到宋元时代，明清最盛。清代曾有诗人这样描述："多云山上稻荪多，太白湖中渔出波。相约今年酬社主，村村齐唱采茶歌。"

在南北山村祠堂，我曾听过一位年近八旬的老篾匠，唱过几串那种近乎失传的樵歌。老篾匠的旁边是一捆捆从山上放下来的楠竹。夹在胯裆里的几匹青篾，在他黑瘦的手指下不停翻动，一个小小的提篮很快有了雏形。在我们买了他几个提篮之后，他终于放开喉咙唱了起来。虽然歌词在他瘪着漏风的嘴里已经跑调，但是那种古朴天然的腔调让我们欢喜不已。

手拿冲担上山坡嘞，
边爬山坡边唱歌，
青松翠柏常做伴，
单身汉子心不多，
只想讨个好老婆。
…………
山歌越唱心越开啊，
唱得云散日出来，

唱得鸡毛沉河底，

唱得石头浮起来，

唱得妹子走拢来。

我们常说黄梅地处吴头楚尾，当年的停前驿就是北连楚尾南接吴头的大动脉。我们甚至可以想象那时长期遭洪水困扰的黄梅灾民，在家乡被淹之后，聚拢在北部山区一带，一路沿停前驿逃荒到安徽的宿松、太湖、安庆等地，依靠一边敲打"道情筒""连厢""金钱板"，一边唱自编自学的采茶歌卖艺为生。黄梅戏即从此道传入安徽，在安庆、太湖等地落地生根，发芽壮大，逐步唱响大江南北，继而发展为全国一流的大剧种。

二

深度认识和了解南北山，始于近两年开展的一系列文艺采风活动。南北山一处农庄是我们《黄梅文艺》杂志的采风创作基地，我们经常要陪同当地文艺家到那南北山采风。

一起走古道、访山村、看古洞、拜老庙，足迹几乎踏遍了南北山的每个旮旯。我们常常从青山环绕的古角水库坐渡船进山。渡船嘟嘟的马达声，把我们带进了一块澄水清嶂的天地，倒映水中的三面群山，在划破的湖水中跳跃荡漾。放眼望去，青山相连苍墨如黛，屋舍散落田畴无垠，一排风力发电车慢悠悠地旋转。登船上岸，一条掩藏在树林里的唐朝古道以犹抱琵琶半遮面的模样呈现在眼前。

古道由一块块麻石铺垒而成，因为年代久远，经风沐雨，加之历代往来朝拜者络绎不绝，所有石块的棱角都已变钝磨圆。面对沿途散布在密林里的洞窟、磐石、佛雕、摩崖石刻等大量历史文化遗存，除了发古之幽思，更多的是惊叹和折服。我恍惚穿越时空，想象着这座普通的山峰，这条隐如皱褶一样的古道，何以有如此大的魅力，吸引和尚道士、骚人墨客、善男信女、庶民樵夫等流连于此，并争相留下如许印记。我还发现这里是一个大杂烩，吸纳和包容了各种流派的东西，道家修炼的古洞，和尚修行的寺庙和经文，儒者雕刻的功德诗文等中国传统儒释道三家都可在此找到痕迹。我想，也许正是南北山这块"风水宝地"，培养并造就了黄梅文化兼收并蓄的胸怀，当外来的印度"禅学"传入后，与当地厚重的儒道文化，发生碰撞、交融，从而为其最终蜕变成中国化"禅宗"提供了相适应的土壤。从这一点上讲，"先有南北山，后有四五祖"才有可能站得住脚。

在南山寺的遗址上，抗战时期为了躲避灾难，黄梅县初级中学曾迁入南山寺，京派作家代表废名隐居家乡时曾在此教过一段时间国文。废名笔下浓郁的黄梅田园风味在现代文学百花园里成了不可抹去的一笔。幽深的小巷，高高的古塔，荡漾的菱荡，葳蕤的芭茅，古老又孤零零的枫树，等等，无不透射着古朴和禅意的光芒。十几年前一位日本早稻田大学的教授、废名研究学者专程来黄梅寻找废名书中描写的风物，掬一捧南街古井水眼角湿润，看到菱荡圩上高楼林立叹息不已，对着城外那棵老枫树拜了又拜。一边背诵着废名的小诗，一边要重走一遍出小南门到岳家湾的路。

小桥城外走沙滩，
至今犹当画桥看。
最喜高底河过堰，
一里半路岳家湾。

与之相比较的是，在黄梅除了几个读书人晓得废名之外，几乎无人知晓。其墓地在苦竹乡后山铺，冷冷清清，简陋得不能再简陋。碑文早已模糊不清，无法辨认，几乎快成了无字碑，但是转念一想，这于他而言也许并非坏事。近几年清明，我们几乎都要去一趟他的墓地，站在葱茏的树下，我想得更多的不是人群的冷漠和善于遗忘，而是他烛照灵魂的文字。

我欣喜我还是一个凡人，
此水不见尸首，

一天好月照澈一溪哀意。

．．．．．．．．．．．

是的。这个能看到大街寂寞、人类寂寞、万物寂寞的人，注定生前和死后都是寂寞的人，并且为自己的寂寞而感到欣喜。一滴幻美而晦涩的浪花，返乡归来，不是归于冷寂，而是归于莫若拈花一笑的顿悟世界。

我们没有想到这样的一个废名在南北山教书的时候却是另外一个样子，他住在南山寺的阁楼上，除了上课，几乎足不出户，有人说他是在打坐禅修，其实更多的时候他是在为孩子们编写课本。他用一颗拳拳的童心为孩子们营造了一个桃源般的美好人间。

> 小黄狗在雪地上跑
> 姊姊说
> 妹妹你看
> 小黄狗会画梅花
> 大公鸡在雪地上走
> 姊姊说

妹妹你看
大公鸡会画竹叶

．．．．．．．．．．．

> 青山高，绿水清，
> 菜花黄金样，豆花蝴蝶形。
> 绿柳长臂向人招，
> 红桃笑面来相迎。
> 如此美景是谁造成？
> 可爱呀，春天的本领！

三

在南北山，我们脚踏的每一步都是烙在时光深处的历史印记，手摸的每一处山石和树木无不隐藏着文脉之根。一山一古道，一村一世界。古道的尽头是村庄里散落的屋舍，屋脊之上横卧几间年代久远的古庙。站在村口可以清楚听到晨钟暮鼓，而伫立寺前又能望到老屋上空飘起几缕炊烟。南北山村口原有一条女儿街，两棵娑罗树。娑罗树开烛台一样的花朵，手掌一般的叶片托起塔花。如今女儿街不复存在，娑罗树也不见踪影，只有那燕窝型的山坳里一棵近千年的桂花树，依然绿荫如盖，枝丫盘虬，树叶茂盛，撑开在半天云里，几乎遮住了整个燕窝。八九月开花的时候，一树金黄的桂花光彩照人，浓郁的花香从南山腰飘到北山头，我们一进山，整个人就开始在一种微醺的状态里荡漾。迎面遇到一个手提盛满野菜篮子的村姑，白衣绿裤花布鞋，一对长长的麻花辫子在胸前不停摆动。我们都不自觉地拿起手机对准了她。她倒是大大方方走过来，蹲在池塘边洗野菜。

村里的房屋全都是20世纪六七十年代建造的那种土砖青瓦房，木格子窗户斑驳发黑，对开的门板下横着一块巨大的石条门槛。有些房子已经破败，墙上依稀还可以看见一些那个时代的政治标语，比如"毛主席万岁""农业学大寨"等。我们在村里行走，除了看到几个行动迟滞的老人，就只有几只白鹅跟在后面嘎嘎叫。我从一家墙壁下的柴垛缝里扒到一只灰乎乎的木屐，让我感兴趣的是它与一般的木屐不一样，是一只挑花木屐。我在塘边把它洗净，发现挑花图案像一只鸟。洗野菜的村姑露出一排洁白的牙齿说，那不是鸟，是凤凰。她把木屐拿在手里，告诉我沿口锁边的是瓜子米和狗齿牙。木屐鞋帮两边一边一只凤凰，一双鞋就是四只凤凰，表示木屐成双，脚踏四凤，脚下生风，四季平安。我顿时对她刮目相看。一问之下，才得知她是一个地地道道的挑花女，在女儿街土生土长。几年前，在外地打工赚了一些钱，如今听说家乡在发展绿色生态旅游，就在自己门口开了一个农家乐小餐馆。

那时候，往南北山朝拜的人每天是一拨又一拨，在女儿街排一长溜全是村姑的摊位，摆满了香纸炮烛，瓜果点心，以及自己的绣花作品。香客们经常在此逗留，掏钱买了村姑的挑花，还不忘打情骂俏一番。平常日子还好，最热闹的要数"六月六"和"乞巧节"，方圆好几十里有能耐的绣女都来赶集，用作品展示自己的心灵手巧。花花绿绿的挑花，各式各样的图案，从街头铺到街尾。不少绣女正是在这一年一度的手艺比拼中崭露头角，从而找到了好人家，被花轿娶进高门大户，一下子从山鸡变成了凤凰。

过去黄梅女儿刚一懂事，就要开始学做针线活，挑花绣朵个个都是能手，不会挑花对黄梅女孩来说，是一种羞辱，会被人嘲笑为"整巴掌"，长大了也找不到好人家。她们手托一块藏青色的大布，用一根绣花针，几卷七彩线，在大布上交替挑制出各种各样的图案。挑花品种有被面、方巾、门沿、围腰、兜肚、鞋垫、枕头、窗帘、帽子、搭肩、饰带、钱袋、香囊等等。凡是红白喜事，都可见到挑花，甚至连缝补衣服的破洞都要绣成一朵花。

如今的黄梅挑花，已经是国家级非物质文化遗产，被专家誉为"无声的诗歌，梦幻的楚辞"。黄梅的农家妇女用一针一线，把自己对生活的美好祝愿、对爱情的坚贞追求，统统托付给一幅幅色彩斑斓的挑花，让天然的纯真、质朴的浪漫尽情铺展恣意流淌。我们的队伍里，一位女作家情不自禁哼起了一曲挑花民歌。

挑花手巾四四方，
打个疙瘩丢过墙。
千年不见疙瘩散，
万年不见姐丢郎。

四

南北山周边的村子曾一度成为闲置的空村，长期居住在此的村民已寥寥无几，年轻人都搬去山下县城了，留守的基本是一些年纪大行动不太方便的老人。自从近几年掀起振兴乡村的热潮，南北山所在的柳林乡开始注意引导在外创业的能人回乡，开发了一些既能靓化山村又能带动就业激活空村的项目，南北山一带已俨然成了五祖寺景区的"后花园"。利用其得天独厚的好山好水，当地政府在南北山周边打造了玫瑰谷漂流、龙池大峡谷索道、伊甸园玫瑰花海等景点。据说，玫瑰谷漂流拥有两个"世界之最"——一千九百多米的世界最长的滑道，二百一十五米的世界最大垂直落差。在龙池大峡谷里体验生态攀岩、拓展，野外露营，以及飞速的索道，刺激又新鲜。在半山腰的一块平地上开辟了一千二百多亩的玫瑰园里，种植的红、黄、粉、黑、白等各种食用、药用、观赏玫瑰一百多个品种，每年两次花期，花海场面颇为壮观。在采访中得知，在盛夏季节，这几个景区每天接待游客达一万多人，昔日沉寂的鼓角山，已经成了车水马龙的旅游景点。

在南北山深处，我们还看到了一位与这种快速开发旅游途径不一样的回乡创业者。人称"猪大哥"的何小营是土生土长的南北山人，从开麻木和经营小商品百货店起家，后来回乡用农家土办法养猪、种蔬菜、建民俗馆，弄得风生水起。一个很大的养猪场，藏在海拔六七百米的南北山里。一排排猪舍掩映在一片葱翠的楠竹之中，山洼里种满

了大棚蔬菜。谈起养猪的经历，何小营最先是为了自己和家人。对猪一无所知的他就因为自己吃不惯城里的饲料猪肉，开始在老家承包了一块荒山，养了六头土猪。那时的他根本没有料到，十年后会把养猪当成正经事来做，而且扩大规模把做绿色生态农业作为自己一辈子的事业。他的土猪喝的是纯天然的山泉水，吃的是没有掺入任何添加剂和激素的米糠、酒糟、豆渣、苕皮等，每天都要定时被赶出栏到山林里赛跑。猪的粪便又被用来制作成有机肥料，供给基地的蔬菜，如此循环利用，形成了种植、养殖、加工、销售一条龙的绿色生态产业链。用何小营的话说，遵循自然，为食材建一个农场，远离农药、除草剂和抗生素，让食材长成自己的样子、长出自己的味道。只有从环境到食材到餐桌的每一个环节都把好关的新农人，才真正算得上是做绿色生态农业的。如今，他的黑土猪养殖场里有生猪两千多头，每天固定屠宰两头，投放到自己在县城开的三家

卖场，虽然其肉价远远高于普通猪肉，但经常在不到一个钟头内被抢购一空。南北山本源生态农庄吸引了很多本土的和外地的客人前去体验观光，采摘高山无污染的原始蔬菜，品尝大锅土灶烹出绵长丰沛的味道。南北山黑土猪肉、南北山土猪肉水饺、南北山红胚芽米、南北山生态蒸米粉、南北山土猪油、南北山生态辣椒酱等，都已经做成了当地响当当的绿色品牌。何小营最大的梦想是买一架小飞机，直接把从南北山采摘下来的蔬菜瓜果，带着南北山的氧气，沾满南北山的露珠，用最短的时间配送到客户家里。

黄梅《旧志》记载："北山……与南山项背相依，晨钟暮鼓，互为响应，故有'南山煮火北山烟'。"我们走得口焦腿软，忽然一抬头望见山头本源生态农庄的土灶房上空升起了袅袅炊烟。一个个粗笨的土炉子被端上桌，一道道农家菜在炉上冒着滚滚热气：土豆块烧五花肉、辣椒酱蒸鲫鱼、黄花菜炖土鸡、苕粉捶肉汤、雨花菜炖髈腿……那滋味醇香、软糯又亲切，在舌尖和唇齿间，弥散出一种别有的味道，如此熟悉又如此陌生，仿佛久别重逢的故人，让人唏嘘喟叹惊喜。汪曾祺说过，四方食事，不过一碗人间烟火。不管是溯游而上还是顺水而下，苍天厚土最老老不过一抔家土，最清清不过一条泉溪，最暖暖不过一缕炊烟。自古以来，出走与回归，忘怀与牵念，丢失与捡拾，一直是人生的两难。每当盘桓于钢筋混凝土筑成的丛林大厦，沉溺于高速发达的便捷生活，我依然会时不时想起南北山的乔木深深、古道幽长和禅寺钟鸣，也会想起当下山村的种种坚守、聪明转身和华美蜕变，更绕不过南北山头那一缕香醉的炊烟，灵魂深处有了这一份不变的收藏，我就不怕自己变成一个无根无绊的人。

沮 漳 口

李鲁平

在沮漳河进入长江的地方有什么？过去三十多年，每一次从沮漳河大桥经过，我都会朝河流进入长江的方向望去，虽然并不能真正看见沮漳河与长江交汇的那个地方，但我一直惦记着这个地方。

沮漳河是沮河与漳河汇合成的一条河流。沮漳河进入长江的入口并不是今天人们所看见的介于枝江与江陵之间的这条河。它原本从下游几十里的沙市市西宝塔寺附近进入长江，1992年底到1993年初，荆州市为建设学堂洲经济技术开发区的需要，将沮漳河进入长江的入口上移三十多里，这个真正的入口，目前已经成为故道，除了一个过去指引江流汇合方向的航标塔、一片菜地，大量的建筑垃圾、生活垃圾已经将河水吞噬殆尽。今年的春天，这个故道入口处最后一片水域竟然开始了吹填，挖泥船昼夜不停把长江深处的泥沙吸出来，源源不断堆积到沮漳河的故道，一条河仅剩的一片水消失了。估计很多年后，这块新填起来的沙地会盖上房子或种上麦子、大豆，很多年后这块地或许会被称为"沮漳口"。从枝江到洪湖、汉南的荆江边，许多叫"口"的地名正是这样得来。那些"口"的形成，我们无缘得以目睹，而某一天将要出现的新地名"沮漳口"的诞生，却就在眼前。

从地图上看，现在的沮漳河是在枝江市七星台的鸭子口村附近改道，不再向东向北流向江陵，而是向东向南流入长江，在赵家潭与临江寺之间进入长江。因此，今天沮漳河进入长江的入口，并不是枝江市的管辖地带，它分明就在江陵境内。但这个入口上游约三公里处还有一条河水流进长江主航道，其实，这条河不是一条单一的河流，它是长江的分支绕过马羊洲后进入长江的入口。这么说，马羊洲并不是地处沮漳河与长江交汇处的一个沙洲，它仅仅是长江上的一个沙洲，只是因为它离沮漳河现在的入江口太近，所以过去人们总以为它是沮漳与长江两条河流相遇冲积出的一个沙洲。

不仅如此，还有人以为马羊洲就是《关雎》"关关雎鸠，在河之洲"的所在。《关雎》是《诗经·国风·周南》中的一首，"国风"收录的是诸侯各国风俗民谣的代表作。但"周南"并不是指具体的诸侯国，而是指周公所治的南国，以周的西都镐京（今西安市长安区）为坐标，范围大体上包括今天河南西南部及湖北西北部的江汉流域。虽然无从知晓久远的过去，采诗官是不是到过长江边上的马羊洲，但以多数人认可的"周南"所指，马羊洲不能算作汉江流域的南土，"关雎"当然也不可能是长江边上的歌谣。而且，一个长江包围的沙洲无论主流还是支流，也是不可能生长荇菜的。只要了解长江就知道，它不是溪流、小河沟、湖泊，它的岸边有挺水植物，但多半的芦苇、荻芦竹、蒲草、荸荠、莲、水芹、茭白笋、荷花、香蒲，包括荇菜，不会生长在长江的岸边。长江这样的大江大河，女人驾船的有，多是渔船，不会去采岸边或水上的什么植物。一句话，在这样的河流上，不适合一边划船一边谈情说爱、谈婚论嫁。抒情，一定是在蜿蜒的细流上，那种河流，水不深不急，近乎湖泊、沼泽，不行大船。

马羊洲虽然不是"在河之洲"的洲，但它毕竟也是河上之洲，它上面有人、有田、有树。沙洲的水边，不一定有荇菜、窈窕淑女和唱歌的小伙儿，但一定会有小船、码头，以及掰玉米、拔萝卜、割麦子、摘棉花的乡亲。

去马羊洲不能想当然地顺着沮漳河大堤走，必须绕道七星台，走七鸭公路到石套子，然后从鸭子口坐汽车轮渡上岛。七星台与鸭子口之间相距二十公里，开车大约四十分钟。沿途经过的每一个地名都与水有关，"黄家台"过去是姓黄的高台子；"江猪潭"这里过去有江豚；"王家垴"是一个岗地，住的都姓王；"大埠街"是这一带过去著名的集市，有个小码头，码头有石阶梯；"陈家港"这里是一个深水区；"赵家河"的住户过去都姓赵，赵家以姓氏命名河，把这条河据为己有；"江会寺"意味着有河流相汇；"石套子"不是说此地有石头，而是说这里有套河，就是流过马羊洲的支流。从石套子上大堤就是鸭子口汽渡。

1949年之前，马羊洲上只有八户人家，并且八户人家都姓袁。在袁氏家族定居沙洲之前，它只是江边一块"义地"，不属于任何人或机构，带有公用或福利的意思。洲上漫天的芦苇、杂草为远途跋涉的旅人提供了短暂休整的驿站。上行下行的船只在这里临时停靠，南来北往的商人在这里打尖，把牛马喂饱。1951年整个沙洲从江陵被划入枝江，并在马羊洲上成立长江大队，然后，越来越多的人也随之迁移到洲上。如今，马羊洲已有四百多户人家。

在长江上，所有的沙洲都是行洪区，一旦大水来临，随时准备破堤，让洪水通过，马羊洲也不例外。因为水的原因，所有的沙洲，国家和地方政府在财政投入时，都极端小心谨慎，以避免投进去的钱打水漂。直到 1985 年，马羊洲才通电，村委会里那盏灯是当时沙洲上唯一的一盏灯。十五年前，这个洲上只有一条五百米的水泥路，一千六百多人出门只能依靠一条破旧的渡船，还是没有操作的渡船，要过河就把船牵引过来，再顺着绳子把船拉到对岸。洲上的农民主要靠种植棉花、麦子为生。

1998 年是马羊洲的转机。那场特大洪水退去之后，马羊洲要平垸、移民。但很多农民不愿搬迁到河对岸的安置房，有的先搬过去了，没几天又搬回来了。电力部门只得重新为马羊洲架设电网。他们依靠两艘小木船把物资运过河，然后肩挑背扛走遍整个沙洲，两个月后，马羊洲实现了户户通电。他们为马羊洲的变化铺垫了最基本的东西。

马羊洲人没等没靠。他们筹集资金一百九十多万元修建了十二公里水泥路，铺了五公里"晴雨路"，把简陋的渡口改造成汽车轮渡。沙洲上建起了集办事、医疗、超市等各种功能于一体的服务中心，以及文化广场。如果说马羊洲的变化是一首《关雎》，这些当然就是序曲，是起兴。

2016 年，马羊洲村被纳入国家发改委和旅游局乡村旅游扶贫工程规划，争取到了省级"绿色幸福示范村"项目资金支持。这才是高潮。他们请来了旅游专家，以及崔德基乡村建团、绿乡萌乡建平台等乡建团队，让大家看看马羊洲到底有无魅力，有什么魅力，该怎么让它绽放光彩。这些第一次来到马羊洲的外地人，徘徊在狭长的洲上，眼见长江傍村东去，金黄的麦子、绿色的蔬菜，沙洲就像一枚多彩的树叶漂流在水上。这样四面环水的沙洲怎么会没有潜力呢。于是一幅图画印在了他们的脑海中，也印在了马羊洲人的梦想中。成立田园旅游专业合作社，打造集基础农业、创意农业、农事体验为一体的田园综合体，开启"休闲旅游 + 精准扶贫 + 美丽乡村建设"的乡村振兴新模式，这便是马羊洲的未来。

如今，这些设想正在变为现实。从河边的渡口开车，几分钟便到了村庄，竹林、篱笆、卵石小道环绕，已经有二十七户住房改成了休闲民宿，三家农家乐已经开始接待游客，围绕沙洲的十公里道路正在硬化，"诗经小镇"正渐显雏形。曾经以蔬菜和玉米渡河闯长江的马羊洲，也吃上了"旅游饭"，成了十里八乡的"明星村"。

当然，蔬菜还是要种的。马羊洲平均每户最少十亩地，最多二十亩。过去种过萝卜、苦瓜、蒜薹，但萝卜每亩只能得到三四千元的收入，现在他们种豇豆，年收入可以达到两三万元。或者干脆把田流转出去，到蔬菜合作社打工，今年马羊洲有三百人在大大小小的蔬菜种植合作社打工。从凌晨两点开始，你可以看到洲上的田里星星点点的灯光，那是头戴顶灯的农民在剪豇豆，天亮前这些豇豆将通过汽车轮渡运到七鸭公路边的各个收购点。

从这个沙洲的最下端，依然看不见沮漳口。但马羊洲人很固执，他们认为这就是沮漳口，认为《关雎》写的就是这个洲。在他们眼里，绿色的蔬菜、紫色的葡萄、白色的萝卜、银色的长江、浅水沙滩，夜晚天上的漫天繁星、凌晨地里闪闪的灯光，如此诗意的洲，难道不是《诗经》中的"在河之洲"？那些勤劳的男女，难道不是《关雎》中唱歌的小伙儿与淑女？只不过他们长大了，老了，《关雎》写的不过是他们的青春。

一个人与一座村庄

蔡家园

在茫茫人海中，一个人与另一个人相逢，真的需要缘分。譬如我与闵洪艳就是这样，两次专程去寻访都错过了，直到第三次去堰河村采风，才与他不期而遇。

事情得从 2005 年说起。当时孙君的《五山模式》已经出版，湖北襄阳市谷城县的五山镇一下子成为举国上下关注的焦点，全国乡村学习"五山模式"。"五山模式"的典型代表就是堰河村，这个村是北京绿十字组织实施生态文明村建设的试点，后来成为中国"最美乡村"。堰河村的村支书叫闵洪艳，村民们都亲热地称他"闵黑子"。那年暮春时节去谷城出差，听当地一位记者朋友说，这闵黑子是个有故事的人。我一直关注"乡建"问题，于是办完公事后决定去一趟堰河村，想会一会闵黑子。

汽车一进入堰河村地界，顿时感到身心几乎被绿色包裹。漫山遍野的茶园在清风中荡漾着碧玉一般的光，一片一片的白杨树林、香樟树林更是撑起绿色的帷幕在天地间轻扬，仿佛将风也揉成了绿色。一条小河傍着山村蜿蜒流淌，河水清明如镜，倒映着近处的白墙黑瓦，倒映着远处的碧树青山，仿佛一幅山水画。桃花开得正热闹，东一丛，西一簇，装点在房前屋后。偶尔惊起一两声狗吠，衬托得小村越发寂静。停车后在村中走了一圈，地面干干净净，见不到一张纸屑，更别说乡村里常见的那些枯枝败叶、鸡屎牛粪了。放眼四顾，真有点儿古诗里"绿树村边合，青山郭外斜"的意境。

找人打听闵黑子，一位坐在门口晒太阳的村民指向村头的一户农家乐，让我去那里找。他笑着说："脸最黑的那个就是。不过，他脸黑心不黑。"走进这家装修简陋的小餐馆，只见里面摆着一张圆餐桌，四周围着一圈塑料凳。屋子里光线明亮，角角落落收拾得干干净净。一位青年妇女热情地走上来打招呼，原来她就是闵黑子的妻子小李。小李说，老闵去省里开会了。当时已近中午，我和同行的朋友决定就在她家吃午餐。她系上围裙去灶间忙乎了一会儿，端上四菜一汤。她说："白菜是自家地里种的，香菇是山上采的，鱼是河里捞的，风干鸡是自己晾的，都是绿色食品。"我们边吃边和她聊天。谈起自己的丈夫，她用一个词形容："有点傻。"堰河村过去基础很差，拿当地人的话说就是"见山山秃顶，见水水断流，见路路断头，见人人发愁"。1992年，闵黑子担任村党支部书记，开始带领村民发展茶园、杜仲和经济林，村里的经济状况渐有好转，大家手上也有了"活钱"。五山镇的领导发现他有经营头脑，就在1998年调他去镇里创办茶叶公司。三年时间不到，"玉皇剑"牌茶叶打开市场，行销省内外，他的年收入达到十万元。就在这时，村领导班子集体辞职，村里陷入一片混乱。村民纷纷去找五山镇领导，强烈要求他回村。"这个傻子真的就回来了，每个月拿四百元津贴，带领大家搞有机茶园，一年损失九万多块钱啊。"说到这里，小李叹了一口气，"我们村从去年开始在孙君老师的指导下搞垃圾分类，经常有外地人来参观，没有地方吃饭，他又要我开餐馆，带头承包了这仓库改建的农家乐。他总是叫人家吃过了看着给点钱，也不知道这一年干下来会不会亏本。你说他傻不傻？！"听了她的话，我们都笑了起来："老闵是要你做第一个吃螃蟹的人啊！""我们乡下人只知道招待亲戚朋友，哪知道怎么开馆子哟，我这不是赶着鸭子上架吗？"我们都安慰她，只要游客越来越多，餐馆生意肯定红火。

吃完饭，我和朋友到河边溜达。朋友弹出香烟，顺手将空烟盒扔到地上。恰好一位牵着牛的中年农民走了过来，他将烟盒拾起来，扔进不远处的一个写着"可回收"字样的垃圾桶。他笑眯眯地说："朋友，可不要乱扔垃圾！"朋友的脸一下子就红了。中年农民扬了扬手中一个柳条编的小撮箕，说道："我们现在放牛都会备一个撮箕，随时防着这畜生拉屎，免得破坏了环境卫生。"朋友赶紧递给他一支烟，说道："你们农民现在比城里人还讲究

啊……""闵黑子给我们说了，村庄环境脏乱差，种出来的木耳、蘑菇、茶叶还能吃吗？那不能叫绿色有机食品。只有把卫生搞好了，村子变得山清水秀了，我们就可以理直气壮告诉城里人，这木耳、蘑菇都是绿色的，自然能卖更好的价钱。"那农民顺手指了指山坡上的茶园，"这些都是有机茶。闵黑子说，等到销路打开了，它们就是印钞机。"我眺望着那生机勃勃的茶园，无数的青枝绿叶层层叠叠，仿佛要接到天上去，心中不禁暗想：这个闵黑子，不仅有个性，而且有思想……

不知是不是那农民的话起了作用，离开的时候，朋友在村里买了一堆风干鸡、土鸡蛋，还有香菇、木耳。

回到武汉后，我经常在报纸上看到关于闵黑子的报道。他非常赞赏"五山模式"的发起人之一、中国社科院研究员龚益的理念：农村要以"三生有幸"为目标，"三生"是指生态、生活、生产兼顾，"幸"是幸福生活。"生态＝生活＋生产""先生活，后生产"，要从改善

生态环境入手，在发展绿色经济中提高生活质量，增加农民收入。用他自己的话说就是："穷破坏，不如保护它、建设它，守住了绿色就等于守住了未来。"堰河村获得的荣誉也越来越多，曾获得"湖北省社会主义文明新村""湖北旅游名村""全国文明村""全国生态文化村""中国乡村旅游模范村""全国农业旅游示范点""全国综合小康村""国家AAA级景区"等荣誉称号。

第二次去堰河村是2008年。这次是和华中科技大学一位做"三农"研究的青年博士小陶同行，他要做一个关于农业合作社问题的调研。我们直奔村委会，依然没有遇到闵黑子。这次他走得更远，到北京的中国人民大学进修去了。

我领着小陶去村头找闵黑子家的农家乐，走进屋里一看，老板竟然换人了。难道餐馆真的开垮了？等到见了小李，方才明白内情。随着堰河村的名气越来越大，来参观、游览的人络绎不绝，其他村民也纷纷开起了餐馆，而且生意都很红火。

闵黑子组织大家制定了统一的餐饮标准，保质保量，有序竞争。因为他是村支书，关系户多，为了避免"不正常竞争"，在2006年的时候，他说服妻子将农家乐转让给了其他村民经营。小李叹息道："家家生意火爆，这两年少说咱家也少挣了五十万。"给我们泡上新茶后，小李又说："我理解他，我退出农家乐，大家就会认为他没有私心。这样，他在村里说话腰杆子就更硬了。"

中午我们在一个叫张宾富的农民家吃饭。他家的房子粉刷一新，家中冰箱、空调、洗衣机一应俱全。他说以前家里穷得只剩几条腿——除了人腿就是桌子腿、椅子腿。刚办农家乐时，闵黑子四处奔走帮他找赞助、拉客源，还按政策给予一万元补助。如今，他家还办起了民宿，一年纯收入达到了八万元。说起闵黑子，老张频频竖起大拇指："闵书记是个特别能吃苦的人。村里发展生态旅游，要修通百日山景区的公路。为了寻找最佳路线，他攀登悬崖峭壁搞勘测，不小心被竹茬子戳穿了脚板还坚持干，回家后解放鞋里都结了厚厚的血饼。"

下午，我随小陶到村委会调研合作社情况。从2007年开始，为了应对日益激烈的市场竞争，闵黑子认为应该整合资源、抱团取暖，就发起成立了玉皇剑堰河生态旅游经济专业合作社。起初，村民们并不踊跃，只有十四户参与。合作社的优势发挥出来，很快就实现了盈利。到了2008年，闵黑子决定将合作社改成集体性质的经济实体，动员所有村民加入。根据协议，合作社每年拿出利润的百分之五十分红，社员按股份享受分红。经过三次扩股，全村三百零三户全部成为合作社社员。村里的贫困户、低保户和五保老人，无偿给予配股，参与合作社分红。村里的会计告诉我们："每年有七八万人来村里参观，仅旅游创收就达到近百万元，人均纯收入接近七千元。用老闵的话说——堰河村过去穷，穷在山水，现在要找出路，也在山水。村民要想富裕，就要做好山水文章，把穷山恶水变成金山银水。"

在回武汉的路上，小陶告诉我，他接触过许多村支书，但是像闵黑子这样的并不多见。他有着非常清晰完整的发展理念：把山水变成风景，把资源变成资本，把产品变成商品，把农民变成股民。他不仅是堰河村新农村建设的实施者，也是堰河村的设计师。

这次虽然还是没有遇到闵黑子，但是我觉得对他的了解加深了不少。过去，我对农村基层干部的认知主要来自文学作品和新闻报道，萧长春、梁生宝是其中的经典"农民干部"形象——胸怀理想、大公无私、吃苦耐劳，闵黑子在某些方面与他们相似，但很多方面又明显不同。我隐隐觉得，他是在这方土地生长出来的具有现代意识的新农民。

一晃又是十年过去。我没有机会再去堰河村，但是依然关注着闵黑子的消息。2019年上半年的一天，我在电视新闻里看到，闵洪艳荣获2018年全国脱贫攻坚奖"奋进奖"，在人民大会堂受到习近平总书记的接见。

到了 10 月份，恰好湖北省作协组织作家到堰河村采风，我也受邀前往。

通往堰河村的公路都刷黑了，路两旁的白杨树差不多有小脸盆粗了；近处的茶园依然绿着，远处的山深深如黛，间或点染着一丛黄或一丛红，就像重彩油画一般，在阳光的照射下显得生机勃勃。巴士稳稳地在秋风里穿行，直达村口的停车场。一下车就发现村子变得陌生了。小河还是那么清澈，路面还是那么干净，但是房屋发生了大变化——一栋一栋颜色统一、造型各异的小洋楼竖了起来。村外建起了高大气派的旅游接待中心，四角飞檐冲天，整栋房子似乎也要展翅而飞。

我们来到村委会门口，一个长着国字脸、身材微胖的中年男人稳稳地走出来，热情地同我们握手。县里的干部介绍他就是闵洪艳。我端详着他的脸，不禁脱口而出："你没有传说中的那么黑嘛！"

闵洪艳显出腼腆，嘿嘿笑道："从小生得黑，太阳一晒，更黑。"

他领着我们沿着青石板铺就的小路挨家挨户参观。这些小楼有的提供餐饮、住宿，有的出售特色农产品，如茶叶、药材、坚果、豆腐、黄酒，琳琅满目，应有尽有。其中有三家国家金牌农家乐和湖北省首家四星级农家乐。旅游接待中心可以同时提供三百人入住、五千人餐饮。因为已近黄昏，村中的游客稀稀拉拉。我问他每天的客流量有多少，他说高峰时可以达到三千人，少的时候也有几百人。据村委会的统计数据，由于旅游全面带动产业发展，2017 年村里的人均纯收入已经达到两万三千八百元。

天擦黑的时候，我们去一家挂着红灯笼的农家乐吃晚餐。我们一边嗑着新炒出来的葵花籽，一边品着绿茶闲聊。听我讲完前两次来访不遇的经历，他大笑起来："也许老天爷就是要让你多来咱堰河村看看，亲眼见证村子的发展变化嘛。"

等待饭菜的间隙，同行的一位男作家绘声绘色讲起基层村干部多吃多占、贪赃枉法的故事。县里陪同的一位领导说："你说的只是一小部分人，我觉得大多数村干部都是好的，譬如我们的老闵。"大家就看着闵洪艳笑。他搓了搓手说："我给你们讲一个小故事。我刚当村支书时，有一天晚上被人请去喝酒，对方要找我办事嘛。半夜时分，我醉醺醺地回到家，发现老父亲一个人还坐在堂屋里烤火。我也凑过去烤火，他冷眼瞪着我，突然抓起旁边的火钳朝我打过来。他一边打一边骂：你个狗东西，才当几天书记，没给老百姓做一件好事，就出去混吃混喝……他的打骂一下子将我惊醒了。从此以后，我再也没有接受过任何村民的吃请。我父亲是毛主席时代教育出来的干部，长期担任队长和村支书。"大家听了他的话都不吭声，那位男作家显得有点尴尬："老闵是经得起考验的好书记……"闵洪艳打断他的话，加重语气说："我是在堰河村长大的，当然希望父老乡亲都过上好日子；现在的政策这么好，我们也有能力过上好日子。我讲不出大道理，但老父亲教给了我做人的基本道理……"

这天的晚餐非常丰盛，食材都是村民自种的蔬菜和自养的家禽。闵洪艳挨个儿给客人敬酒，希望大家关心堰河村的发展。来到我面前时，他大手一挥说："过两年你再来看吧，村里每家都会有一栋小洋楼、一部小轿车和十万元存款，再就是有一个稳定的产业项目。"

"太让人振奋了，"我拍了拍他的肩膀说，"这是堰河村之梦！"

他嘿嘿笑起来："中国梦不就是由一个又一个这样的小梦构成的吗？"

这天晚上，睡在旅游中心宽大的席梦思上，听着远处隐隐传来的狗吠声，我久久难以入睡。拉开后窗的窗帘，眼前漆黑一片。再往远处看，越过黑黢黢的山脊，高远的天幕上缀满了星星，一闪一闪的，让沉沉的夜色变得生动活泼起来。我回想起三次寻访闵黑子的经历，回想起堰河村十多年的变化，心中越发坚定了这样一个信念：在广袤的大地上，总有一些平凡而又不寻常的人，挺起了中国乡土的脊梁，也开启了乡村明天的希望……

声音的营养

李 伟

每个人的童年都在用生活地的风物，制造着一种酒曲，随着自己长大，这些酒曲，在你每个人生阶段发酵，生活的汤汤水水，也就自然而然有些无法释怀的味道。难怪有人说，乡愁是你人生的盐粒。

在城市久居，每天叫醒我的是繁复的生活和冰冷的闹钟，而小时候，叫醒我的，却是露珠洗涤过的鸟鸣，还有扑棱翅膀，叽叽叽，嘎嘎嘎的鸡鸭。简单，自然。

村里的白天一般是热气腾腾的，

不过，也有寂静的时候，也许是热闹惯了，见不得一点寂静，所以，偶尔的寂静给人的震撼特别强烈。

我五六岁的一天下午，大人们都到地里忙活去了，村里的小伙伴也不知道是上学去了，还是跟着大人在田间地头撒欢，反正我接连敲了几家的门，都没有我想象的脸孔和我等待的那句"到哪里去玩"。我悻悻然，踢着脚下的残砖破瓦，那种孤寂和无聊，伴随着空中渐渐式微的太阳，越发让人难受。整个村里，三四十户人家，土砖房屋，如同一个个黄色的馒头，被阳光照得发软，屋子上的黑布瓦，一溜烟一溜烟整整齐齐排列着，扎成房屋头顶紧绷绷的辫子，我想，要是馒头化掉，辫子也许会一条条飞起来，变成一道道黢黑的眉毛。

屋子好好的，眉毛也没有飞起来。声音，对了，我希望出现的任何一点声音，都没有如愿。要是夏天，就有蝉鸣，春天，也有鸟鸣，偏偏是秋天，还是秋天的白天，那些晚上叫声如雨的虫子销声匿迹，把自己藏得很深很深。

村里静得瘆人。我想象着母亲回家后，旋风一样将锄头挂在堂屋的桁条上，跑到灶屋，旋风一样从庞大的陶缸里舀水洗米，再将米和水倒进乌黑的大铁锅里，旋风一样点燃稻草把子、棉花秸秆烧水煮粥。只是想象得越热闹，心头越难受。我蹲在屋檐下，后背抵着墙壁，手指抠着地上的小石块，一只西瓜虫从小石块下面惊慌失措地爬出来，没有一点声音，倏地钻进墙缝里。

突然，咯咯咯——是的，是三声鸡鸣，给村里的寂静罩衣，戳破了一个洞，随后，村里的公鸡们，似乎听到了指挥，此起彼伏的鸡鸣，像宋词一样长长短短弥漫开来，我好像从鸡鸣声中浮起来，发疯似的，顺着声音的方向寻找打鸣的公鸡。看着它们伸得老长老长的脖子，仰天长啸、吃力的样子，情不自禁，我的眼泪涌出来。

公鸡的打鸣，悠长、高亢，我记得持续了好久，也给困顿的我持续的惊喜和抚慰。对于一个被寂寞包围的孩子来说，它带来的美好感受，好像村里人送来的喜面。在我们村，哪家有孩子出生，全村的人，都会下一小碗面，拌上红糖，送到喜家，以示道贺，而喜家，往往用筷子夹起少许面条，然后在托盘里的碗底下压上几毛钱，退回贺喜的人家，算是回礼和致谢。我最喜欢这样的场面，我弟弟出生时，我就享受过全村三十多碗喜面。这样的欢喜，就如同这里的鸡鸣，此消彼长，连绵不断。

我耳朵里装满了童年的声音，身体也被声音的营养扶助着，慢慢变成了血肉。村里的声音，是连接地面和天空的标识，比如一棵棵树，就是天空播撒在地面的云朵，而树上的鸟鸣，则是云朵开出的花。顺着这样的标识，我们常常可以找到灵魂的来路和归宿，人们常说，起于尘，隐于尘，大概是这个意思吧。

当然，村里还有一种声音，是地面和地下的对话，比如，村里夏夜稻场上，善书先生的鼓声和快板声。讲善书是农耕时代人们缓解劳累的方式。对于小孩而言，这是见证地面和地下快乐的媒介。地下是历史的枝枝蔓蔓，地面是活生生的人间稼穑传奇。善书先生是我们村里请来的，口若悬河，腹有诗书，他们善于把孩子和大人的心，紧紧抓在一起，通过鼓点和快板的助威，把历史上口口相传的《七侠五义》《水浒传》等，做成一道道声音大餐，端到你的耳朵里。

"陆童姜武徐磊新……紧赶慢赶奔前程……"善书先生的这句开场白，在我脑海里驻扎了四十多年，字字句句像全身的经络一样贯穿我的身体，这是我人生被声音的魔力吸引的结果。

抑扬顿挫的鼓点，高亢激昂的快板，改变着孩子的味蕾，特别是鼓点停顿、快板消弭一会儿后，突兀而出的一声鼓点，宛如夏日广袤田野上，成熟豌豆的豆荚冷不丁的爆裂声。那种感觉的美妙，和过年时，小伙伴在一起比试吃豌豆差不多。一群穿着新衣服的小伙伴，把一把把炒熟的豌豆倒进嘴里，豌豆被牙齿磨碎吞进肚子后，唇齿留香，连呼口气都是极致的享受。

我老家在鄂东新洲的一个小地方——孔埠，因当年孔子在此一高处埠头观水而得名。记得当年逃水荒，村里人半夜里被锣声催醒，慌慌张张裹着铺盖逃到村外的堤坝上，眼瞅着滔天的洪水，一点点将村庄吞没。到傍晚时分，很多孩子围坐在帐篷里等吃的，可是我没有，我的注意力被爷爷牵扯着。爷爷，抱着一把古琴弹奏着。爷爷坐在一棵斜探在洪水中的杨树上，夕阳的余晖涂抹着他，他的背后残阳如血，他的脚下洪水滚滚。

爷爷弹奏的是《渔樵问答》。我当时还不知道这首曲子，只觉得那曲子和洪水交织在一起，成为洪水流向远方。那"咚咚咚"好似斧头砍伐树木的声音，给我印象太深。

一个在危险来临之前镇定自若的人，在当时是多么难以想象。长大后，在电影《泰坦尼克号》中，也见到像爷爷那样把生死置之度外的演奏家们，他们在泰坦尼克号沉没之前，让妇女、儿童登上救生艇，随着轮船的倾斜，他们的表演毫不减分。

爷爷的古琴声，和村里每年的十月朝节日里，家家户户炸出的金黄油条一样，有韧劲。昏黄的洪水和着爷爷激越的古琴声，给我生命打上了色彩浓厚的底色。爷爷精瘦的手指，杨树遒劲有力的枝干、枝条，一寸寸沉下去的夕阳，在肆虐的洪水背景中，给人的印象异常强烈。

还有一种声音，热热闹闹的，正合童年一个吃货的小心意，这种热闹带给人的享受，好像吃着巴掌大小的饼子，这种面粉做的极具仪式感的饼子，叫人难忘的是牙齿猛烈撕咬饼子的艰难劲头。那个时代的童年，要是哪家有小伙伴过周岁生日，必定有一个重头戏，那便是抓周。抓周仪式，也就是把小寿星放在八仙桌上坐着，小寿星的面前是五颜六色的摆物，有糯米糖，有米粑，还有算盘、小葱、花布头等等。这些东西，都是等待小寿星挑选的。要是先挑选了小葱，预示小寿星聪明；先抓到算盘，说明以后小寿星会过日子，会精打细算……抓周过后，有个老少咸宜的游戏——撒饼子。撒饼子时，小寿星的家人，站在自己家的屋顶上，往下面翘首以盼的贺喜人，撒下饼子。大家使出全身的解数，争抢"天上掉下的馅饼"，抢饼子时，有聪明者，将雨伞打开，伞把朝上，还有人扯开褂子下摆，形成一个敞口布兜，当然最多的，还是把家里的笸箩、筛子等拿过来，分享屋顶上的喜悦。

这种热热闹闹的声音，便是村外茶亭前每年元宵节必定举行的八十八行表演，这一天，茶亭像一块磁铁，吸引着十里八乡的人。新洲的八十八行，其实是一种灯戏，最早追溯到清代乾隆、嘉庆年间，由村里人自编自演自唱，反映现实生活。演出时，八十八行的扮演者，穿上自己标志性的衣服，或者带上标志性物品，伴随诙谐的肢体动作和唱腔，掀起一阵阵欢声笑语。八十八行的角色，对于小孩子而言，喜欢的有金匠、补缸者、箍匠、卖灯草者、挑蚜虫者、打兔子者、开船者、推独轮车者、雷公、电母。特别是挑蚜虫者，表演时，拿着一个小棍子似的东西，一摇一摆，面部表情夸张，仿佛随时都会走过来，将你的蚜虫挑出来。有胆子大的小伙伴，还会壮着胆子跑上前去，抢夺挑蚜虫者手里的小棍子。

观众的喝彩声，表演者的歌声，小摊贩的吆喝声，小伙伴嘻嘻哈哈的打闹声，连成一片。那种热闹，就是一块块包着快乐馅儿的饼子。

遇到撒饼子的事，在当时，是十年难碰初一春。更多的时候，是生活的艰难。每天早上，村里一些人家把灶台上的锅拎出来，在门前刮锅底的声音，至今不能从记忆中抹去，尖厉中带着粗糙、滞涩的声音，听起来心里发紧，恨不得把头缩到被子里，永不露面。

这声音通常会持续几分钟，你得忍着，好像忍着吃上几分钟的紫云英麸子糊糊那样。那段岁月，柴米油盐短缺，在紫云英开满田野的时候，村里人会割一些紫云英回来，倒进夹杂着少许米和大量麸子的锅里煮成稀粥，再一碗碗端出来，算是早餐。我心里抵触这样的食物，麸子不听使唤停留在喉咙管的滋味，这辈子总也忘不掉。

村子里的声音，五光十色，占据着如今的我，我总觉得，童年的乡村是浸泡在特别的声音里。春上池塘边听到的杨树叶子滴落在水面的细微声音，多像小伙伴吸食一根面条的吧嗒声；秋风急躁地扫荡着树叶，如同小伙伴们咀嚼炒米，沙沙作响……

曾国藩在《冰鉴·声音第六》里说，声音有雌雄之分，"声雌者，如雉鸣则贵，如蛙鸣则贱"。我倒觉得，声音没有贵贱之分，只有营养之分，比如蛙鸣，也是有营养的，它喂养了乡村，而我是乡村怀里的一个婴孩。

童年的有些声音，如人生中的某种际遇，你躲不掉，推不走，那就吞进肚子里吧！有些声音，你想一直久驻，但它不再回头，只不过偶尔嵌入你梦中，那就让它嵌入好了。